EINE AUTOBAHNRASTSTÄTTE in den Ardennen. Wenn man das Pferd mitzählt, aber die Leiche weglässt, treffen hier ein Dutzend Reisende aufeinander. Chelly, die Pole-Dance-Influencerin, Autoschlosser Loïc, das 25-jährige Topmodel Victoire, Joseph, Handelsvertreter für Milben ...: Jede:r von ihnen hat eine eigene Geschichte im Gepäck – und zwischen manchen knüpfen sich in dieser heißen Sommernacht für einen kurzen Moment Bande.
Ein einzigartiges Panoptikum menschlicher Absonderlichkeiten in Dieudonnés unvergleichlichem Sound. Schonungslos zeigt die belgische Starautorin das Leben, in dem der Mensch seine animalische Seite offenbart, und geißelt die Absurdität unserer Zeit. Und das knallhart, wild, tabulos, surreal, rabenschwarz und voll überbordender Fantasie.

Adeline Dieudonné

23 Uhr 12

Menschen in einer Nacht

Adeline Dieudonné

23 UHR 12

MENSCHEN IN EINER NACHT

EIN ROMAN IN ZWÖLF GESCHICHTEN

Aus dem Französischen von
Sina de Malafosse

dtv

Von Adeline Dieudonné
sind bei dtv außerdem erschienen:
Das wirkliche Leben
Bonobo Moussaka

MIX
Papier aus verantwortungsvollen Quellen
FSC® C014496
www.fsc.org

Deutsche Erstausgabe 2022
dtv Verlagsgesellschaft mbH & Co. KG, München

Titel der französischen Originalausgabe: ›Kerozene‹

Umschlaggestaltung: zero-media.net, München
Umschlagmotive: FinePic®, München
Satz: C.H.Beck.Media.Solutions, Nördlingen
Gesetzt aus der Franziska 10,75/15,75˙
Druck und Bindung: GGP Media GmbH, Pößneck
Printed in Germany · ISBN 978-3-423-29022-7

Für Cécile,
meine Mutter

23 UHR 12. Eine Autobahntankstelle in einer Sommernacht. Wenn man das Pferd mitrechnet, die Leiche aber nicht, sind zu diesem Zeitpunkt dreizehn Personen vor Ort.

»Madame!«, ruft jemand. Eine alte Frau steigt über die Leitplanke und flüstert: »Entschuldige, Herzchen.« Die Frau, die gerufen hat, heißt Julianne. Die anderen schauen alarmiert auf. Alika, die neben ihr auf der Bank sitzt. Victoire, eine junge Frau mit Glatze, die gerade auf einen Reifen ihres kleinen SUV gekotzt hat. Kurze Hosen, lange Beine, Combat Boots. Ein Stück weiter, auf dem Parkplatz, Joseph, der mit den gebeugten Schultern und seinem durchgeschwitzten Hemd wie ein netter Typ aussieht. Einen Meter weiter, unter einem Warnplakat zur Verkehrssicherheit, zündet Juliette sich gerade eine Zigarette an. Sie arbeitet an der Tankstellenkasse, zusammen mit Sébastien.

Sébastien raucht nicht mit. Er ist hinter der Kasse stehen geblieben. Was draußen vor sich geht, bekommt er nicht mit, zu sehr ist er damit beschäftigt, seinem Freund Mauricio anzügliche SMS zu schreiben. Am Abend zuvor sind sie bei Juliette eingeladen gewesen. Ein sonderbarer, trauriger Abend … aber schön.

Juliette ist die alte Frau bereits aufgefallen, als diese

zwanzig Minuten zuvor hereingekommen war. Sie war allein. Nachdem sie eine Weile die Verkaufsregale abgesucht hatte, war sie an den Tresen gekommen.

»Haben Sie Gin?«

»Ach, nein, wir verkaufen keinen Alkohol.«

»Aber Bier haben Sie doch?«

Juliette hob leicht die Schultern. Mit einem resignierten Lächeln ging die Alte zum Kühlschrank und nahm eine 0,33-Liter-Dose heraus, was Juliette erleichtert wahrnahm. 0,33 Liter sind keine 0,5 Liter. Bei 0,33 Liter ist man auf Erfrischung aus. Bei 0,5 Liter auf etwas anderes. Juliette weiß von sich selbst, dass sie nach 0,5 Liter Bier nicht mehr imstande ist zu fahren. Ihr kommt dann jedes Mal das Lied von Renaud in den Sinn: »Die Kinder starben auf den Straßen, auf der Rückfahrt vom langen Urlaub, sicher trank Papa über alle Maßen, nur zwei, drei Schluck, mit Verlaub.« Dann bleibt ihr der Text für den Rest der Nacht im Ohr hängen wie ein Hirsch im Sumpf. Und das verhagelt ihr die Laune. Aber die Alte hat sich für eine 0,33-Liter-Dose entschieden. Das war in Ordnung. Sie zahlte und ging hinaus.

Alles, was sie wollte, waren Ruhe und was zu trinken. Sie ging an dem geschlossenen Restaurant mit den sechseckigen Fenstern vorbei, in denen Fotos von Bouletten mit Tomatensoße und Pommes hingen. Die Fotos waren ausgebleicht, die Bouletten grau, die Pommes weiß. Am Ende des Gebäudes standen ein paar gelbe Plastiktische, auch sie waren ausgebleicht. Dazu geschlossene Sonnenschirme in blauen Schutzhüllen, wie ausgeblasene Kerzen auf einem trockenen Kuchen. Die Alte grüßte Julianne und

Alika, wählte den am wenigsten schmutzigen Tisch und nahm Platz.

Sie war überrascht, wie ruhig es hier war. Wenn man sie aufgefordert hätte, eine nächtliche Tankstelle zu beschreiben, hätte sie sich automatisch einen Höllenlärm vorgestellt. Den Lärm der Lastwagen auf der Autobahn, den Lärm einer dicken Harley, Leute, die von einem Ende des Parkplatzes zum anderen brüllen: »Winston oder Marlboro?« – »Was???« – »Winston oder Marlboro?« – »Nein, Camel.« – »Ah, okay!« – »Light!« – »Was?« – »Light!« So viele verschiedene Bestandteile, die sie nicht einzeln benennen konnte, die zusammengenommen aber einen Krawall erzeugen mussten, dass es einem den Frontallappen durchlöchert. Doch so war es nicht. Die Autobahngeräusche klangen wie gleichmäßiges und sanftes Meeresrauschen. Und die Leute, die hier Halt machten, flüsterten eher, als hätten sie Angst, die sich eingebildeten Anwohner aufzuwecken. Sie bewegten sich fast andächtig. Vielleicht versetzten das lange Fahren bei gleicher Geschwindigkeit und die Wärme sie in einen meditativen Zustand, den sie über die kurze Pause hinweg zu erhalten versuchten.

Die Alte betrachtete die nächtliche Prozession der Reisenden und dachte über deren Kämpfe nach, deren Sorgen, die Aneinanderreihung zufälliger Ereignisse, die ein Leben ausmachen, durch die es einzigartig und unersetzlich wird. Sie hätte gerne jeden von ihnen nach seiner Geschichte gefragt. Die junge Frau im Jogginganzug, die drinnen ihren Kaffee trank. Und der Typ, der so wirkte, als wollte er sie ansprechen. Und der andere Kerl, der sie von Weitem beobachtete, während er Benzinkanister aus seinem Abschleppwagen lud. Wobei, ihn durchschaute sie ohne Schwierigkeiten, ihn hatte sie schon in Aktion erlebt.

Ein Mann stieg aus einem Citroën mit Schweizer Nummernschild. Eine dürre Gestalt mit einem Gesicht, das die Alte faszinierte. Sehr helle blaue Augen, lange Wimpern, die so aussahen, als hätte er einen dünnen Strich Eyeliner über die Lider gezogen, ein voller Mund, leicht gelocktes schwarzes Haar. Etwas Zerrüttetes ging von diesem Mann aus. Und Gefahr. Als er sich hinkniete, um den Reifendruck zu prüfen, bemerkte die Alte, dass er nur seinen linken Arm benutzte, der rechte baumelte an ihm wie ein Gehenkter am Strick.

An sein Auto war ein Anhänger gekuppelt. Von dem Pferd darin konnte die alte Frau nur die Kruppe sehen, doch sie hörte sein kurzes, angstvolles Wiehern und das Scharren der beschlagenen Hufe auf dem Boden des Anhängers. Woher kam dieses Tier? Wo brachte er es hin? All das hatte nun keine Bedeutung mehr.

Die Alte schloss die Augen und holte tief Luft. Es roch nach Benzin, nach geschmolzenem Asphalt, der Wind von den Hochplateaus der Ardennen trug aber auch den Duft des Heidekrauts, der feuchten Felsen und des Moores heran.

Um 23 Uhr 13 steht sie hinter der Leitplanke. Ihr Name ist Monica.

CHELLY

Chelly musste sich beruhigen. Sie atmete tief durch und beschloss, eine Pause zu machen. Sie wusste nicht genau warum, aber sie mochte Nachttankstellen.

Ihr kamen dort immer die Dire Straits in den Sinn.

Sie sah sich auf einer staubigen Straße in Montana, am Steuer eines alterslosen Pick-ups, frei und ungebunden, die raue Stimme und die E-Gitarre von Mark Knopfler im Ohr, auf dem Weg an einen Ort, wo es Pferde, eine Ranch und ein Fest mitten in der Prärie gab, mit einem großen Lagerfeuer, an dem Spareribs und Marshmallows gegrillt wurden.

Und da wäre dieser Gitarrenspieler, der ein bisschen was von Mark Knopfler hätte, ein bisschen was von Robert Redford in *Der Pferdeflüsterer*, ein bisschen was von Clint Eastwood in *Die Brücken am Fluss*.

Ein zuverlässiger, starker, einsamer Mann.

Ein Mann, dem man nichts vormachen könnte, der Schmerzhaftes erlebt hatte, Frau und Kinder bei einem Verkehrsunfall verloren oder so etwas ...

Der mit gebrochenem Herzen auf seinem Appaloosa durch die Steppe reitet und seine Rinderherde zum Schlachthof führt. Sie stellte sich vor, wie er unter dem Sternenhimmel schläft, den Kopf auf seinen Westernsattel gebettet, während der Wind über dem Missoula Lake anhebt und in seinen blonden Haaren spielt.

Die Haut an seinem Hals riecht wie weiches Leder, trockenes Gras und Zedernharz.

Er würde sie bemerken, sie, Chelly.

Ohne sein Gitarrenspiel zu unterbrechen, würde er seinen Blick über ihren Hintern in der engen Low-Waist-Levis in Größe 26 gleiten lassen. Über ihren straffen Bauch unter dem karierten Hemd, das sie kurz über dem Bauchnabel verknotet hätte, über ihre vom jahrelangen Pole Dance geformten Arme.

Und sein wildes, aber einsames Cowboyherz würde wieder ein wenig zu schlagen beginnen.

Für sie, Chelly.

So träumte Chelly vor sich hin, während sie unter der leuchtenden Warntafel parkte (»Alle zwei Stunden mal einen Gang runterschalten!«), von dem ein Mann mit einem kleinen Mädchen auf dem Arm herunterlächelte. Ein Typ, der mit seiner Göre und seinem fliehenden Haaransatz dümmlich selig wirkte.

Beim Aussteigen spürte Chelly einen Hauch Ärger in sich aufkommen. Der Kerl auf dem Schild erinnerte sie an Nicolas, ihren Mann. Und in letzter Zeit reagierte Chelly schon beim Gedanken an Nicolas mit Abwehr.

Als sie über den Parkplatz ging, bemerkte sie den orangefarbenen Laternenschein auf ihrem Arm. Er brachte ihre durchtrainierten Muskeln zur Geltung. Sie machte ein Foto und postete es auf Instagram. »Come on, girls! That's what you should look like! #motivation #hardwork #power #muscles #polefitness«.

Chelly war Pole-Dance-Trainerin. Aber vor allem war sie Influencerin. Ihr Account @ChellyPoleFitness hatte sage und schreibe 43,7k Follower.

Noch ein paar Stunden zuvor war sie müde und antriebslos nach Hause gekommen, als ob all ihre Energie von einem Strudel aufgesogen worden wäre, dessen Ursprung sie nur zu gut kannte.

Sie war durch die Tür ihres Vorstadtbungalows wie ins Maul eines schlaffen Monsters mit modrigem Atem getreten. Sie musste an die Dementoren in *Harry Potter* denken, diese gespenstischen Gestalten, die sich vom Glück der Menschen ernähren, ihnen jeden positiven Gedanken und jeglichen Lebenswillen aussaugen.

Und da war Nicolas. Sie waren seit elf Jahren verheiratet. Nicolas war Set-Assistent beim Film. Ein schwieriger, harter Beruf mit wechselnden Arbeitszeiten, der einem Anpassungsfähigkeit und Widerstandskraft gegen Stress und Erschöpfung abverlangt.

All das hatte Chelly elf Jahre zuvor an Nicolas gereizt.

Mit seinem Leatherman und ein wenig Klebeband konnte Nicolas jedes heruntergekommene Haus in einen bewohnbaren Ort verwandeln.

Das erste Mal sahen sie sich bei einem Grillabend bei Freunden, die auf einem Autoschrottplatz wohnten. Nicolas war dabei, aus ein paar alten Reifen und Sicherheitsgurten, die er aus den Schrottautos gezerrt hatte, Sofas zu bauen. In nicht einmal einer Stunde hatte er das Drecksloch in einen hübschen kleinen Salon unter freiem Himmel verwandelt, mit ein paar alten Scheinwerfern als Lampions.

Bei diesem Anblick hatte Chelly gedacht, dass sie sich im

Fall eines Atomkrieges mit genau so einem Mann in das Abenteuer Überleben stürzen würde. Sie stellte sich Nicolas dabei vor, wie er sich von ihrem provisorischen Lager aus mit nacktem Oberkörper, einer khakifarbenen Cargohose und einem selbst gebauten Bogen auf dem Rücken in die Wälder schlägt und ihr zuruft: »Bleib bei den Kindern, ich besorge uns etwas zu essen.«

Und ein paar Stunden später würde er wiederkommen, einen dampfenden toten Hirsch auf den muskelbepackten Schultern, und das Blut des Tieres würde aus der aufgeschlitzten Kehle über seine glatte, von der unerbittlichen Sonne gebräunte Brust rinnen.

Und wenn sie sich ihn, zu Beginn ihrer Beziehung, so vorstellte, stürzte sie sich auf ihn, um mit ihm zu schlafen. Manchmal mehrmals am Tag. Und wenn er voller Energie in ihr war, ersetzte sie Pfeil und Bogen durch einen Gewehrlauf und kam sofort.

Ihre Trauung fand im Standesamt statt, gefolgt von einer Feier im Clubhaus eines Sportvereins, wo es nach kalter Suppe roch.

Sie hatten ein kleines graues Haus in einer grauen Straße in einem grauen Stadtviertel im Norden der Stadt gekauft, weil es dort bezahlbar war.

Das kleine Haus war sauber und funktional, ausgestattet mit Fliesenboden und billigen Materialien. Ein ziemlich reizloses Ambiente, aber das Ambiente war ihnen beiden egal …

In der ersten Zeit waren sie glücklich. Manchmal stritten sie, aber sie liebten sich, und vor allem waren sie stolz aufeinander.

Chelly verlangte nicht viel von Nicolas. Nur Kraft, Disziplin und Härte. Daran glaubte Chelly. Wie andere an Gott oder an die Gewerkschaft glauben. Sie sah sich als Tier in einem Ökosystem, in dem das Recht des Stärkeren gilt. Gewinner hier, Verlierer da. Ganz einfach. Selbst ein vierjähriges Kind war imstande, das zu begreifen: Wer sich anstrengt, überlebt. Wer sich nicht anstrengt, verreckt. Bei der natürlichen Selektion kommen nur die Stärksten durch, die anderen haben eben Pech gehabt. So lautete das Gesetz der Natur. Klar, deutlich, schonungslos. Und so leicht zu verstehen.

Ein Jahrzehnt lang hatte Chelly hart gearbeitet und sich ihre Nische erobert, sich einen Ruf verschafft und selbst die hartnäckigsten Konkurrentinnen abgehängt.

43,7k Follower auf Instagram.

Scheiße, das war die Leistung einer Kämpferin. Sich ein Publikum aufzubauen war das eine, das andere, es auch zu behalten. Täglich fünfzehn, zwanzig Fotos zu posten, ihre Truppe zu motivieren, immer in Hochform zu sein. Sie war ein Vorbild, eine Ikone, eine Referenz. Sie regierte ihre Community wie eine Wölfin ihre Meute. Sie war eine geborene Anführerin, sie hatte es im Blut, das wusste sie.

Nicolas hingegen sah seine Arbeit als ein notwendiges Übel, um sich Ärger vom Leib zu halten. Ein zufriedenes Umfeld, bezahlte Rechnungen, monatliche Kredittilgung … Das war kein Spaß, aber es musste sein.

Zu Anfang hatte er seinen Beruf gemocht. Alles war neu und gut für sein Selbstbild. Er fühlte sich wie sein Kindheitsidol MacGyver. Dann verlor er die Lust.

Der einstige MacGyver war nun ein Typ mit Bauchansatz, der seinen letzten Rest Energie darauf verwendete, sich über seine Arbeit zu beschweren. Nicolas' Job war nur noch eine nie versiegende Quelle des Frustes, der Beleidigungen und Tiefschläge.

Als die ersten Beschwerden kamen, hatte Chelly sich gefragt, warum er nicht den Beruf wechselte, doch dann begriff sie, dass es Nicolas gefiel, sich zu beschweren. Sie hatte es daran gemerkt, wie er von seinem Tag erzählte. Er versuchte, den größtmöglichen Effekt zu erzielen und wurde seinen Ärger mit dem gleichen Vergnügen los, mit dem ein Säugling in die Windel macht.

Er servierte Chelly die tägliche Portion selbstgefälligen Gejammers mit einem Frettchenlächeln. Er begann immer mit einem »Ach, das habe ich dir noch nicht erzählt?« (obwohl er genau wusste, dass es nicht so war), gefolgt von einem »Warte, das ist wirklich der Hammer«.

Und er ließ sich genüsslich Zeit. Er sprach ein wenig leiser und senkte unterwürfig den eingezogenen Kopf, während er seinen Blick weiter in Chellys Augen bohrte. Wenn der Begriff »verschlagen« ein Gesicht hätte, wäre es dieses, dachte Chelly bei diesem Anblick. Es kam ihr so vor, als hätte sich sein Wortschatz gewandelt, als kämen darin nur Wörter mit möglichst vielen Zischlauten vor, die alles vor Spott triefen ließen. Sogar sein Gesicht wirkte verändert. Seine Augen lauerten tief in den Höhlen, wie zwei kleine Köter, die bereit waren loszukläffen.

Und dieses Lächeln ... Dieses eifernde Selbstmitleid war sicher der Ursprung des Strudels, der Chelly so runterzog.

An dem Abend hatte sie sich auf jeden Fall erschöpft

gefühlt. Und Erschöpfung hatte in Chellys emotionalem Repertoire keinen Platz.

Als sie nach Hause kam, war Nicolas bereits da. Er hatte früh Feierabend gemacht. Er wartete auf einem Hocker in der Küche, die Ellenbogen auf den Tresen gestützt, und futterte Chips mit Pickles-Geschmack aus der Tüte.

Er gab ihr einen lieblosen Kuss. Ein sinnlos gewordener Reflex. So sahen nun also ihre Küsse aus. Ein klinisch-kühles Etwas, das nicht wirklich aus Lust geschah, sondern weil es zu einer Ehe eben dazugehörte.

Du bist vergeben, du hast Sex. So ist das eben.

Wenn du es nicht tust, ist das komisch, ein Problem, das es schnell zu lösen gilt.

Und vom physiologischen Standpunkt aus ist Sex in vielerlei Hinsicht ausgezeichnet. Chelly hatte sich im Internet erkundigt. Ein sehr gutes kardiologisches Training, eine effiziente Methode zur Fettverbrennung und zur Produktion von Dopamin, eines leistungssteigernden Hormons.

Sie hatte ihre Sachen abgelegt und war nach oben gegangen, um zu duschen. Das hatte sie bereits im Fitnessstudio getan, aber sie wollte Zeit schinden.

Der Gedanke, zu Nicolas in die Küche zu gehen, war so reizvoll wie die Aussicht auf eine Begegnung mit einem verwesenden Seehundkadaver.

Also hatte sie ein bisschen an Mike gedacht. Das war der Hip-Hop-Trainer, der im Saal neben ihrem Kurse gab. Ein Körper wie eine Raubkatze, lang, sehnig, flexibel. Eine seidige Haut, ein Rücken, bei dem jede schwach geworden wäre. Alles an Mike strahlte eine animalische Sexualität aus. Der Mann sah immer aus, als würde er gleich loslegen.

Seine Art, sich zu bewegen, sein Gang, seine linke Hand, wie sie nach der Wasserflasche griff, seine rechte Hand, die den Verschluss abschraubte. Selbst wenn er sie im Gang der Tanzschule mit Wangenküsschen begrüßte, kam es Chelly vor, als könnte er sie gleich an Ort und Stelle packen und vor aller Augen an die Wand pressen.

Aber Mike hatte noch nie das geringste Interesse an Chelly gezeigt.

Bestimmt war er schwul.

Nach dem Duschen zog Chelly einen Jogginganzug an und ging zu Nicolas nach unten.

In der Küche begann sie, auf der Arbeitsplatte aus blauem Steinimitat ihren Vitality-Juice zuzubereiten, den sie vor jeder Mahlzeit trank. Sie schnitt Karotten, Rote Bete und Ingwer klein und füllte alles in den Entsafter.

Sie hatte von den Zutaten ein Foto gemacht, das sie auf Instagram postete. »One Chellyjuice a day, keeps the doctor away! Kein Training ohne Stoff, girls ... #beetroot #carrot #ginger #discipline #organic«.

Nicolas wartete ab. Mit seiner großen Tüte Chips mit Pickles-Geschmack saß er auf dem Hocker wie ein Geier, der seine Beute beobachtet. Chelly hatte ihm schon achthundertmal gesagt, dass er die Chips in eine Schüssel geben und nicht direkt aus der Packung essen solle, dass nur der letzte Trottel das so mache. Worauf Nicolas jedes Mal entgegnete: »Oh, ist ja gut, wir sind doch unter uns.«

Also knabberte Nicolas gewissenhaft direkt aus der Tüte. Das Geräusch machte Chelly wahnsinnig. Nach jedem Satz ein leises »Schraff, schraff«.

Er hatte mit seiner täglichen Litanei begonnen.

Dieses Mal ging es um den Regisseur, seinen unfähigen und perversen Chef, der ihn, Nicolas zufolge, vom ersten Tag an nicht riechen konnte und versuchte, seine Arbeit zu sabotieren, weil er in ihm einen gefährlichen Rivalen sah, der ihn noch vor Ende der Dreharbeiten von seinem Posten vertreiben konnte.

»Ich erkläre ihm also, dass ich nach dem Drehtag noch zwei Stunden lang den Laster aufgeräumt und den Kram zusammengesucht habe, den diese Technikerdeppen uns geklaut und überall liegen gelassen haben, und weißt du, was er da zu mir gesagt hat?« (schraff, schraff)

»Nee, warte, das haut dich um, der Typ ist wirklich der Hammer … er sagt zu mir, einfach so, ich schwöre, er sagt: Keiner hat dich darum gebeten!« (schraff, schraff)

»Also will er mir die zwei Überstunden nicht bezahlen, ist das zu glauben?«

»Aber mir ist das egal, denn den Typen kann eh keiner ausstehen, ich muss nur mit …«

Und da verstummte Nicolas mitten im Satz.

Nun, der Grund war die Messerklinge, die sich in seine Schulter gebohrt hatte, direkt unter dem linken Schlüsselbein.

Chelly hatte auf den Hals gezielt. Aber bei drei Metern Entfernung, so aus dem Stegreif, konnte sie mit dem Ergebnis zufrieden sein. Das gleiche Glücksgefühl, wie wenn man mit einem Papierknäuel in den Mülleimer trifft.

Auf der Suche nach einer Erklärung wanderte Nicolas' Blick zuerst zu dem Messer, dann zu seiner Frau. Chelly starrte ihn an, ohne mit der Wimper zu zucken. Das Messer war tatsächlich ihres.

Nicolas schaute erneut auf das Messer, wie um die neue Wirklichkeit zu begreifen, und wieder zu Chelly, auf der Suche nach dem zweiten Teil der Erklärung: Warum?

Während Nicolas' Blick zwischen dem Messer und Chelly hin und her ging, kam ihr der Gedanke, dass er nun die Wahl zwischen zwei möglichen Reaktionen hatte: Entweder würde der Kerl mit der Cargohose und dem Gewehr zum Vorschein kommen und sie würde die größte Tracht Prügel ihres Lebens beziehen, oder der Dickbäuchige mit dem fliehenden Kinn würde darin Anlass für so viel Selbstmitleid sehen, dass er sich für den Rest seines Lebens darin suhlen konnte.

Sie hatte den Kampf zwischen MacGyver und Mister Pickles-Chips eingeläutet. Blieb abzuwarten, wer gewinnen würde.

»Bist du noch ganz dicht, warum hast du das gemacht?«

Die erste Runde ging an die Chips.

Nicolas versuchte mehr schlecht als recht, sich die Klinge aus der Schulter zu ziehen.

»Hilf mir!«

Chelly ging zu ihm, packte den Griff so, dass die Klinge in der Wunde eine Viertelumdrehung vollführte. Nicolas schrie vor Schmerzen auf und sank auf den weißen Fliesenboden aus Carrara-Marmor-Imitat.

»Aaaaaah, Scheiße, Chelly!«

Sie setzte sich rittlings auf ihn.

Ängstlich und ungläubig starrte er sie an.

Sie wartete ein paar Sekunden, gab MacGyver Gelegenheit, sich zu manifestieren. Eine Backpfeife, eine Erektion, ein hasserfüllter Blick, irgendetwas, egal was ...

Aber nichts dergleichen, nur ein Typ mit Kartoffelchipsatem, der sich wimmernd zwischen ihren Beinen wand.

»Chelly, was machst du da?«

Chelly fühlte, wie dunkle Traurigkeit über sie schwappte. Die Wirkung war die einer Injektion von flüssiger Jauche direkt in die Adern. Der Mann, den sie liebte, hatte in diesem wimmernden Körper nie existiert. Sie musste sich bei ihrer ersten Begegnung getäuscht haben. Sie war jung, sicher ein wenig zu romantisch. In dem Augenblick zog sich das Herz der jungen Frau, die sie einmal gewesen war, zusammen. Ihre große Liebe, ihren MacGyver, gab es nicht. Sie war von ihrem zu sanftmütigen Wesen in die Irre geführt worden.

Also zog Chelly die Klinge heraus. Wenn man von der gewaltigen Menge Blut ausging, die sich in warmen Bächen auf die weißen Fliesen ergoss, hatte sie wohl die Hauptschlagader getroffen.

Nicolas, der von Natur aus bereits blass war, wurde fast durchscheinend. Er wehrte sich immer noch, aber nach Chellys Geschmack zu wenig. Es fiel ihr leicht, ihn am Boden, zwischen ihren muskulösen Beinen zu halten. Er gab hin und wieder ein flehendes Röcheln von sich, seine Augen waren vor Todesangst weit aufgerissen.

Das Spiel begann sie zu langweilen, wie ein sich in die Länge ziehender Liebesakt.

Mit einem schnellen und präzisen Schnitt durchtrennte sie die Halsschlagader.

Heißes Blut schoss aus dem Hals ihres Mannes. Dunkelrote Flüsse. Chelly tauchte ihre Hände hinein. Der sich unter ihr aufbäumende Körper erregte sie auf eine gewisse Weise. Sie hatte Lust, mit ihm zu schlafen, hier und jetzt.

Doch das Aufbäumen war bereits in ein leichtes, reflexartiges Zucken übergegangen.

Also stand Chelly auf. Ihr Blick fiel auf ihren mit Blut befleckten Jogginganzug und sie dachte, dass sie ihn gleich einweichen sollte, so würde sie ihn bestimmt noch retten können.

Dann überlegte sie eine Weile, wie sie alles sauber bekommen würde. Das viele Blut war ja einen Moment lang amüsant gewesen, aber die Reinigung stand auf einem anderen Blatt.

Sie verschloss die Wunde an Nicolas' Hals mit silbergrauem Tape, um zu verhindern, dass beim Transport des Leichnams noch mehr Blut austrat. Sie zog ihn vollständig aus und warf die fleckigen Klamotten in einen großen Müllsack, zusammen mit der Chipstüte. Dann wischte sie das Blut von den Fliesen, vom Hocker, vom Körper ihres Nicolas, den sie anschließend in eine große Polyesterdecke aus Kaschmirimitat rollte.

Am schwierigsten war es gewesen, ihn zum Kofferraum ihres Hummers zu ziehen.

Aber Chelly war praktisch veranlagt. Mit ein bisschen gesundem Menschenverstand und Planung war die Sache in weniger als einer Stunde geritzt gewesen.

Sie war nach oben gegangen, hatte ihren Jogginganzug ausgezogen, ihn in eine Schüssel mit Wasser und Fleckenreiniger mit Aktiv-Oxygen gelegt und hatte dann noch einmal geduscht, zum vierten Mal an diesem Tag. Wieder hatte sie an Mikes Haut gedacht.

In einem sauberen Jogginganzug hatte sie sich schließlich ans Steuer ihres Hummers gesetzt und war losgefahren, ohne Ziel. Sie war bei erster Gelegenheit auf die Autobahn gefahren. Richtung Ardennen. Oh ja, die Ardennen waren eine gute Idee. Raus aus der Stadt, in die Natur. Vielleicht eine weite, von Nadelbäumen gesäumte Ebene, die sie ein wenig an Montana erinnerte.

Nur weg ...

Und dann an einer Tankstelle halten, um einen Kaffee zu trinken.

Sie mochte sie wirklich, diese Nachttankstellen.

Als sie in das klinisch wirkende Gebäude trat, wusste Chelly immer noch nicht, was sie mit Nicolas' Leiche machen sollte. Aber das beunruhigte sie nicht weiter. Das war zweitrangig.

Alles, was sie wusste, war, dass sie jetzt einen Kaffee wollte.

Alles andere würde sich ergeben.

Die klimatisierte Luft war beinahe schmerzhaft auf der Haut. Ein paar Stehtische. Eine alte Frau nahm ein Bier aus dem Kühlschrank. Chelly ging zum Automaten. Espresso, Lungo, Macchiato, Cappuccino. Sie dachte an Paolo Conte, sah sich auf einem kleinen Platz in Florenz an einem Springbrunnen sitzen, in den Armen von Robert De Niro aus *Taxi Driver*.

Sie wählte einen Double-Milk-Cappuccino, machte ein Foto und lud es auf Instagram hoch. »Sometimes, the only thing you need is some cream and sugar #pleasure #sweetness #life #freedom«.

SÉBASTIEN

Der Kühlschrank hatte wieder angefangen zu brummen, und Mauricio dachte: »Ich hab von diesem Hundeleben die Schnauze gestrichen voll.«

Sébastien war noch nicht von der Arbeit gekommen, und Mauricio wollte sich schon schlafen legen. Aber er konnte nicht, da war dieses Abendessen. Es schien Sébastien wichtig zu sein. Mauricio hatte den größten Teil des Nachmittags auf dem Sofa verbracht. Er sollte die Musik für einen Kurzfilm komponieren. Gegen 14 Uhr hatte er sich mit seiner Gitarre hingesetzt, dann hatte er gedacht: »Mir gehen diese Gratisjobs gehörig auf den Geist«, der Kühlschrank hatte wieder gebrummt, er war aufgestanden, hatte mit der flachen Hand seitlich dagegen geschlagen, was nichts geändert hatte, woraufhin er also auf das Sofa zurückgekehrt war und den Nachmittag mit dem Schauen einer Serie verbracht hatte. Nun war es 20 Uhr, Sébastien würde bald nach Hause kommen, und er musste duschen. Und dann dieses Essen über sich ergehen lassen.

Es fand bei Juliette statt, Sébastiens Arbeitskollegin, die an der Kasse der Tankstelle stand. Sébastien erzählte ihm oft von ihr. »Ich glaube, sie hat es nicht leicht, aber sie ist so was von lustig.«

Mauricio lernte nicht gern neue Leute kennen. Er mochte das Geplänkel am Anfang nicht. Das »Hallo, was machst du so?« – »Ach, das ist toll.« Mauricio mochte Intimität.

Er stand unter der Dusche, als er Sébastien nach Hause kommen und den Refrain seines aktuellen Ohrwurms singen hörte. Das war eine kleine Marotte von ihm. Er konnte wochenlang denselben Song hören. Mauricio dachte, dass es sicher viele Menschen gab, denen das auf die Nerven gehen würde, aber ihm nicht.

Sébastien kam ins Badezimmer.

»Ich muss auch duschen, ich komm rein.«

Er zog sich aus und trat unter die Dusche zu Mauricio, der sich mit dem Abduschen beeilte, weil er wusste, wie es ablaufen würde. Sébastien würde den Wasserstrahl, unter den sie nicht beide passten, für sich beanspruchen, sie würden sich abwechseln müssen und Mauricio würde frieren. Er küsste Sébastien und stieg aus der Dusche.

»Um wie viel Uhr erwartet uns deine Freundin?«

»Wir haben 21 Uhr gesagt.«

Mauricio aß nicht gern so spät.

Sie nahmen die Straßenbahn. Juliette wohnte bei der Endhaltestelle.

»Hat sie gesagt, was es zu essen gibt?«

»Nein. Hast du Lust auf etwas Bestimmtes?«

»Nein.«

Sie kamen an der letzten Haltestelle an. Sébastien trug die Flasche Weißwein.

Sie mussten noch zehn Minuten laufen, vorbei an den Schildern des Einkaufszentrums, dann unter der Autobahnbrücke durch und weiter in Richtung der Hochspannungsleitungen. Dort standen ein paar Häuser, das letzte Aufbäumen der Stadt, bevor die Felder anfingen.

Sébastien kannte den Weg, er war bereits nach der Arbeit auf ein Glas Wein bei Juliette gewesen.

Mauricio merkte, dass er keine Lust hatte auf dieses Abendessen, vielleicht, weil Sébastien ihm gesagt hatte, dass Juliette zwei Kinder mit ihrem Kerl habe. Nicht, dass Mauricio keine Kinder mochte, er fand nur, dass das Leben der Leute mit Kindern trist und kompliziert wirkte. Bei den wenigen Freunden, die Nachwuchs bekommen hatten, hatte er dem Wandel konsterniert zugesehen. Ihre vormals hübschen Wohnungen füllten sich mit nützlichen, aber hässlichen Gegenständen. Hochstuhl, Babybreigarer, Fläschchen, Spieldecke, Wickeltasche und anderes Zubehör, dessen Nutzen er nicht kannte. Oft aus Plastik, oft in leuchtenden Farben.

Auch fand er, dass Babys nach ranziger Milch und vollen Windeln rochen.

Vielleicht hätten sie eines Tages Kinder, sicher wusste er gar nichts, aber nur, wenn er viel Geld, ein großes Haus und eine Garage hätte, in der er so viel wie möglich von diesem Kram verstauen könnte. Und vielleicht eine Kinderfrau, die sich um sie kümmerte.

Sie kamen zu einem kleinen Reihenhaus, das direkt an der Straße und gegenüber von ein paar Industriegebäuden stand.

Juliette öffnete die Tür. Der Eingangsflur war mit einem Roller und einem Kinderwagen vollgestellt. Juliette war groß und schlank, um die dreißig.

Sébastien überreichte ihr den Wein, sie lachte und sagte: »Ach, das ist mal eine Überraschung!«

Sicher hatten sie die Flasche auf dem Heimweg gemeinsam ausgesucht, dachte Mauricio.

»Juliette, das ist Mauricio. Mauricio, Juliette.«

»Es kommt mir so vor, als würde ich dich bereits kennen! Sébastien spricht ständig von dir. Wenn er nicht gerade singt.«

»Ja, das geht mir genauso, ich habe viel von dir gehört.«

»Kommt rein!«

Sie folgten ihr in den Wohn- und Essbereich, wo ein Mann gerade eine Schüssel Pistazien auf den Tisch stellte.

»Das ist Damien!«

Juliette hatte sich an Mauricio gewandt, da sich Damien und Sébastien anscheinend schon kannten.

»Hallo!«

Er sah sehr gut aus. Mauricio dachte, dass er Schauspieler hätte sein können. Das Gesicht war es nicht, eher das Gesamtbild, das irgendwie harmonisch wirkte.

Sébastien zog Mauricio am Ärmel ins Wohnzimmer, das zur Straße rausging. Ausgestreckt über die ganze Länge des Sofas lag eine gewaltige, glatte rosa Sau.

Juliette sagte: »Sie heißt Estelle. Du kannst sie streicheln.«

Die Sau schaute Mauricio neugierig an, sie wackelte mit ihrer feuchten Schnauze in seine Richtung und ließ es zu, dass er ihren Kopf anfasste. Ihre Haut war weich und warm, kaum behaarter als die eines Menschen.

Sébastien kraulte ihren Hals, woraufhin sie den Kopf auf das Sofa legte und die Augen schloss.

Damien war im Esszimmer geblieben. Er schälte nickend Pistazien.

Mauricio fragte:

»Und die Kinder? Schlafen sie schon?«

»Nein, sie sind bei Damiens Eltern. Wir haben das Wochenende für uns.«

Sie nahmen am Tisch Platz. Damien nickte immer noch, als ob er jemandem zustimmte, den nur er hören konnte. Die geschälten Pistazien hatte er alle in eine lange Gerade gelegt.

»Schatz, könntest du vielleicht die Gläser holen?«

Er schaute Juliette an, als hätte er sie gerade erst bemerkt, und ging dann in die Küche, um Gläser zu holen.

»Damien arbeitet im Schlachthof, er ist freitags oft sehr müde. Ich mache uns ein Dal, mögt ihr das?«

Mauricio und Sébastien antworteten einstimmig: »Ja, perfekt«, aber Mauricio war noch mit dem beschäftigt, was Juliette soeben gesagt hatte. Damien arbeitete im Schlachthof. Sie hatte es Sébastien sicher schon erzählt, warum hatte er ihm nichts gesagt? Das war nichts Alltägliches. Mauricio lagen viele Fragen auf der Zunge. Wie sah es in einem Schlachthof aus? Worin genau bestand Damiens Arbeit? Tötete er die Tiere oder zerlegte er sie? Mauricio hätte ihn gern ausgefragt. Wie einen Kriegsheimkehrer, von dem man weiß, dass er vieles mitangesehen hat. Man möchte wissen, was genau, traut sich aber nicht zu fragen. Mauricio dachte, dass er gern einmal einen Schlachthof besichtigen würde.

Der Wein wurde eingeschenkt, dann drehte Damien sich einen Joint.

»Raucht ihr?«

Sébastien und Mauricio nickten, also drehte er einen zweiten. Er teilte seinen mit Juliette und reichte den anderen an seine Gäste weiter.

Juliette bereitete das Dal zu. Mauricio mochte den Geruch, eine Mischung aus Ingwer, Kokosmilch, Kumin und anderen Gewürzen, die er nicht identifizieren konnte. Er passte gut zum Duft des Grases, die Wirkung des Joints ergänzte die des Weins, und Mauricio dachte, dass das Leben manchmal weniger scheiße sein konnte als sonst. Er, der noch vor ein paar Stunden nicht einmal Lust hatte, sein Sofa zu verlassen, war nun glücklich, hier zu sein, in Gesellschaft dieses Paares und ihres Schweins. Er betrachtete Damien, den er immer schöner fand. Sein Nicken ließ nach, und je mehr er rauchte und trank, desto präsenter, vollständiger wirkte er.

Juliette servierte das Dal mit Knoblauch-Naans und einer Schüssel Joghurt mit Zitrone, es wurde eine zweite Flasche Wein geöffnet. In dem Augenblick erhob sich Estelle vom Sofa und kam unter dem »pock pock« ihrer Hufe auf dem Holzboden zum Tisch.

»Nein, du weißt genau, dass du nichts bekommst, meine Hübsche.«

Juliette fügte hinzu: »Das ist verrückt, Damien hat ihr einmal am Tisch etwas zu fressen gegeben, ganz am Anfang, als wir sie gerade aufgenommen hatten, und seitdem bettelt sie jeden Tag. Diese Tiere haben ein ausgezeichnetes Gedächtnis.«

Mauricio fragte sich, ob Damien im Schlachthof Schweine tötete.

Estelle trat den Rückzug an, lief durch die Küche und drehte eine Runde im Garten.

Juliette und Sébastien sprachen über ihre Arbeit an der Tankstelle, von ihrem Manager, den sie nicht ausstehen konnten, von einer ihrer Kolleginnen, von der sie vermuteten, dass sie ihm gefällig war, um ihre Stelle zu sichern, und einem Haufen abstoßender Dinge, die sich hinter den Türen der Toiletten abspielten.

»Rita, du weißt schon, schnappt sich die unverkauften Lebensmittel aus dem Shop und verkauft sie an die Obdachlosen unter der Autobahnbrücke. Normalerweise muss sie sie mit Chlorreiniger übergießen, aber sie legt sie zur Seite und verkauft sie weiter. Oh, sie nimmt nicht viel, 1 oder 2 Euro. Aber so hat sie schnell 10 Euro am Tag beisammen. Und dabei behauptet sie, dass sie es aus Nächstenliebe tut.«

Estelle kam aus dem Garten zurück und machte es sich wieder auf dem Sofa bequem.

»Habt ihr noch Platz für Tiramisu?«

Damien zündete einen weiteren Joint an, er wirkte erneut abwesend.

Mauricio aß ein Stück Tiramisu und dachte, dass auch das gut zu dem Joint und dem Wein und dem Geruch der Gewürze passte. Es war noch nicht spät. Vielleicht 23 Uhr.

Juliette öffnete eine weitere Flasche. Damiens Nicken hatte wieder eingesetzt. Er drehte einen Joint nach dem anderen.

Juliette erkundigte sich nach Mauricios Arbeit.

»Ach, noch verdiene ich nicht viel, aber ich komponiere, nehme Demos auf, bewerbe mich …«

Er legte keinen Wert darauf, weiter über dieses Thema zu sprechen. Er musste zugeben, dass die Dinge, seit er zwei Jahre zuvor das Konservatorium abgeschlossen hatte, nicht liefen, wie er sie sich vorgestellt hatte. Zum Glück gab es Sébastien, der die Miete zahlte, aber Mauricio konnte das immer schlechter ertragen. Er hätte gern eine Gruppe gegründet, mit der er dann durchstarten würde. Mit Auftritten und Verträgen. Und Sébastien würde sie managen. So könnten sie die meiste Zeit zusammen sein, reisen und ein Haus am Meer bezahlen.

Aber bisher tat sich nichts, und Mauricio fühlte sich so nutzlos wie ein Dildo in der Hand des Papstes.

Plötzlich wurde seine Aufmerksamkeit auf Damien gelenkt. Er rauchte immer noch seinen Joint, und ihm fielen dicke Tränen still auf die mit chinesischen Zeichen bedruckte Wachstischdecke.

Juliette wirkte nicht besonders überrascht, aber ein wenig verlegen. Sie streichelte seine Hand.

»Schatz, ich glaube, du musst ins Bett …«

Und zu Mauricio und Sébastien sagte sie: »Das passiert ihm öfter, kein Grund zur Sorge.«

Damien zog seinen Arm zurück und stand auf, als hätte er eine Entscheidung getroffen. Er ging in die Küche, es folgte das Geräusch einer Schublade, die geöffnet und wieder geschlossen wurde, dann kam er zurück ins Esszimmer, in der Hand ein großes Messer.

Er ging ins Wohnzimmer und kniete sich neben die Sau, die auf dem Sofa eingeschlafen war. Schluchzend umarmte er sie und grub sein Gesicht in ihren rosa Hals.

»Macht euch keine Sorgen, er wird ihr nichts tun, das hat er manchmal, aber er wird sie nicht verletzen.«

Damien legte das Messer an Estelles Kehle und begann, sie mit der flachen Seite der Klinge zu streicheln.

»Ich glaube, wir gehen besser«, sagte Sébastien ganz sanft zu Juliette, als hätte er Angst, sie zu zerbrechen.

Mauricio hielt den Blick auf Damien gerichtet, der nun weinte wie ein kleines Kind, mit lang gezogenen Klagelauten, die durch das ganze Haus hallten.

Juliette legte ihre Hand auf Sébastiens Arm.

»Bitte, bleibt noch, ich ...«

Ihre Stimme versagte.

»Es ist jeden Freitag das Gleiche, deshalb schicken wir die Kinder zu seinen Eltern ...«

Verblüfft löste Mauricio seinen Blick von Damien und Estelle und schaute zu Sébastien. Dann fragte er: »Kann ich Musik machen?«

Juliette nickte.

Mauricio holte sein Handy aus der Hosentasche und schloss es an den kleinen Lautsprecher auf dem Kaminsims an. »Nine« von Patti Smith.

Der Gesang glich einer Beschwörung. Sébastien schenkte Wein nach, Mauricio griff nach Gras und Tabak, um einen neuen Joint zu drehen. Der Klang der E-Gitarre breitete sich im Raum aus. Juliette weinte. Mauricio fühlte sich sonderbar wohl. Die Grenze zwischen ihm und der Welt verschwamm. Seine Haut wurde durchlässig, seine Seele schwerelos, Damiens Klagen liefen durch sie hindurch. Das war keine Gleichgültigkeit. Sondern das Gegenteil. Er musste bleiben und alles in sich aufnehmen. Er zündete den Joint an. Tausende Seelen näherten sich ihm flüsternd. Sie besetzten das Wohnzimmer, das Esszimmer, das ganze Haus. Sie waren nicht feindselig, aber sie bluteten, strahlten einen Schmerz aus, der dem Damiens glich. Dann begannen sie zu tanzen. Hunderte, Tausende Geister. Mauricio wollte mit ihnen tanzen. Sébastien schlug eine Partie Yahtzee vor. Juliette war einverstanden. Mauricio antwortete nicht. Patti Smith rief aus der vor Trockenheit rissigen Ebene von Nebraska nach ihm, sie tanzte mit einer Herde Wildpferde. Mauricio stand auf und begann, mit ihr und den Pferden und all den blutenden Seelen zu tanzen. Damien fiel an die Sau geschmiegt in den Schlaf und das Messer glitt ihm aus der Hand. Würfelklackern.

Mauricio schloss die Augen, tanzte noch lange weiter. Mehrere Joints, mehrere Songs lang. All der Schmerz ging durch ihn hindurch, aber er fühlte sich nützlich. Er wollte nicht, dass es aufhörte. Als die Seelen sich von ihrem Schmerz befreit hatten, verschwanden sie, von Ruhe erfüllt. Die Sau sah zu, wie Mauricio tanzte. Er wusste, dass sie ihn liebte und dass er sie auch liebte.

Irgendwann berührte Sébastien ihn am Arm.

»Gehen wir nach Hause, Liebster?«

Juliette begleitete sie zur Tür. Sébastien umarmte sie. Dann war Mauricio an der Reihe.

»Dürfen wir nächsten Freitag wiederkommen?«

ALIKA

Vor dem Restaurant der Tankstelle sitzt Alika auf einer Plastikbank und wartet darauf, abgeholt zu werden. Ihre Arbeitgeber haben sie über die Ferien an Freunde ausgeliehen. Sie selbst sind für einen »Liebesurlaub« in die Karibik geflogen. Die Kleinen wurden den Großeltern übergeben. Alika brauchten sie in diesen zwei Wochen nicht, also hatten sie sie über Facebook an Freunde von Freunden vermittelt. Diese hatten gerade ihrem Hausmädchen gekündigt und brauchten jemanden, der sie mit den Kindern in den Urlaub begleitete. Alikas Arbeitgeber meinten: »Ihr werdet sehen, sie ist reizend.«

Nun ist sie auf dem Rückweg. Die Freunde der Freunde wohnen weit weg von ihren Arbeitgebern, und da keiner Lust hat, zusätzliche Kilometer zurückzulegen, haben sie vereinbart, sie hier abzusetzen, auf halber Strecke. Ihre Arbeitgeber werden sie in einer Stunde abholen, auf dem Rückweg vom Flughafen.

Alika fragt sich, ob sie sich eines Tages daran gewöhnen wird, wie ein Möbelstück behandelt zu werden. Oder ob sie sich irgendwann in eines verwandeln wird. Sie lässt sich von der Sommerwärme einhüllen, ihr Blick verliert sich über den Baumwipfeln. Sie muss an den letzten Winter denken.

Eine Skistation direkt an der Piste. Die Art von Anlage, wo man sich eine 3000-Euro-Handtasche kaufen kann, ohne die Skier abzuschnallen. Ein paar Luxushotels, Restaurants, eine Handvoll Boutiquen, ein kleines Dorf. Alles ist fußläufig erreichbar, sehr praktisch.

Hier ist von November bis April alles weiß überzuckert. Wenn der Winter sich nicht einstellen will, springen die Schneekanonen ein.

Hier sind von November bis April alle zufrieden. So einfach ist das.

Alika schaut den Schneeflocken zu, wie sie im gelben Licht eines Scheinwerfers wirbeln. Sie sehen aus wie Tänzer, die still über den schwarzen Himmel durch die gleichgültige Nacht tanzen. In der Ferne sind die Scheinwerferkegel der Pistenraupen zu sehen, sanftmütige und eifrige Wesen. Sie hat die Zeiten notiert: von 18 Uhr bis 4 Uhr morgens. Das scheint recht belanglos. Doch sie fühlt sich so weniger allein. Denn nicht einmal hundert Meter entfernt, inmitten der Eiswirbel, arbeiten noch andere. Die auch aus ihren Betten gerissen wurden, aus warmen und liebenden Armen.

Wenn die Scheinwerfer um 4 Uhr ausgehen, spürt sie immer einen einsamen Kummer, wie nach der Abreise eines Freundes.

Das kleine Mädchen ist eingeschlafen, ihr flaumiges Köpfchen liegt in Alikas Ellenbeuge. Ihr Atem geht friedlich und gleichmäßig. Alika fühlt, wie sie selbst wegdämmert. Wie gern würde sie sich eine ganze Nacht ins Bett legen. Ein paar Stunden echten Schlafs, tief und traumlos. Ihren erschöpften Körper regenerieren, die stechenden Nackenschmerzen lindern. Aber die Kleine schläft nur in ihren Armen. Vielleicht würde sie auch in anderen Armen schlafen, aber das würden sie nie herausfinden. Seit seiner Geburt vor fünf Monaten hat das Kind jede Stunde Schlaf in Alikas Armen verbracht. Sie hätte sich ins Bett legen können, die Kleine an sich geschmiegt, aber die Mutter hat es ihr untersagt, nachdem sie einen Artikel über Babys gelesen hatte, die im Schlaf erdrückt wurden. Alika kann sich nicht vorstellen, wie man, ohne es zu merken, auf einem Baby schlafen kann, aber sie hat keinen Einwand erhoben. Sie erhebt nie einen Einwand. So hat man es ihr in der Schule für Hausangestellte auf den Philippinen beigebracht.

»Widersprechen Sie nie Ihrem Arbeitgeber.«

Ihr wurde erklärt, dass ihr Verhalten mehr zählte als ihre Kompetenzen.

»Zeigen Sie stets ein gefälliges und freundliches Lächeln.«

»Seien Sie bescheiden. Wenn Ihr Arbeitgeber sich über Sie beschwert, muss das einen Grund haben. Nehmen Sie es an und versuchen Sie, besser zu werden, anstatt nach Ausflüchten zu suchen.«

Ihr wurde ein Handbuch überreicht. Ein Leitfaden für die perfekte Haushaltshilfe *made in Philippines*.

Sie hatte es schnell begriffen. So kompliziert war es ja nicht.

Das kleine Mädchen riecht nach lauwarmer Milch und der Feuchtigkeitscreme »Himalayablüte«. Ihr Mund macht im Schlaf Saugbewegungen. Trotz ihrer Müdigkeit hört Alika in sich hinein, spürt den Wellen der Freude nach, die von ihrem Herzen in den Bauch rollen – die Zärtlichkeit für das kleine, dem Schlaf hingegebene Kind. Aber sie macht sich nichts vor: Bald würde das Mädchen lernen, sie zu verachten, genau wie ihr großer Bruder.

Das ist nicht ihre Schuld, das weiß Alika. Ihr Schicksal ist es zu dienen, nicht geliebt zu werden. Die Kinder würden groß werden. Sie würden ihre Eltern imitieren. Wenn alles gut ging, würde Alika die nächsten fünfzehn Jahre bei ihnen bleiben. Und könnte dann nach Hause.

Wie besessen rechnet sie es immer wieder durch. 575 Euro beträgt ihr Monatsgehalt, dazu Kost und Logis. So kann sie 500 Euro ihrem Mann schicken.

Angefangen hat sie damit vor drei Jahren.

500 Euro im Monat, zwölf Monate im Jahr, nach fünfzehn Jahren sind das 90 000 Euro, mit denen sie ihren zwei Kindern die Ausbildung finanzieren kann. Den Preis muss sie zahlen: achtzehn Jahre ihres Lebens für die Freiheit ihrer Kinder.

Als Alika die Philippinen verließ, waren sie fünf und sieben. Ein Junge und ein Mädchen. In der ersten Zeit rief sie sie über Skype an, aber nach und nach wurde ihr klar, dass sie sie beim Spielen störte. Sie waren einsilbig, wirkten verlegen. Sie wusste, dass ihr Mann die Kinder ihr zuliebe ein wenig drängte.

Inzwischen ruft sie nur noch ihn an, einmal wöchentlich. Sie sind seit Langem kein Paar mehr, nur noch verschworene Mannschaftskollegen, die gemeinsam überleben. Manchmal fragt sie sich, ob sie noch die Mutter ihrer Kinder ist, ob das unsichtbare Band nicht durchtrennt ist, aufgelöst durch ihre Abwesenheit. Ehrlich gesagt versucht sie, solche Überlegungen zu vermeiden.

Doch Hausarbeit ist einer solchen Innenschau leider zuträglich.

Das kleine Mädchen verzieht im Schlaf das Gesicht und gibt dann ein charakteristisches Geräusch auf Höhe der Schließmuskeln von sich. Alika zögert. Man lässt ein Baby nicht in schmutzigen Windeln schlafen. Aber sie zu wechseln würde bedeuten, das Kind zu wecken, es also danach wieder zum Einschlafen bringen zu müssen, wozu eine weitere Flasche Milch nötig wäre. Und Alika fällt ein, dass sie die letzte Portion Milchpulver bei Einbruch der Nacht verbraucht hat. Sie hätte heute noch eine Dose *Nutrilon Sensitive Lactose Free* kaufen sollen. (Bei der Kleinen war nie auch nur das kleinste Anzeichen für Laktoseintoleranz aufgetreten, aber die Mutter war bei diesem Thema sehr entschieden.) Das Problem war, dass Alika am Morgen vergessen hatte, ihre Arbeitgeber um Erlaubnis zu bitten, das Hotel zu verlassen, bevor diese zum täglichen Abfahrtski aufgebrochen waren.

»Gehen Sie nie ohne Erlaubnis hinaus, außer im Notfall.«

Sie würde morgen früh als Erstes Milch kaufen. Bei dieser Gelegenheit würde sie gleich Tampons für sich selbst besorgen, ihre Regel hat vor fünf Tagen eingesetzt und scheint nicht enden zu wollen.

»Denken Sie daran, während Ihrer Periode Hygieneartikel zu verwenden.«

Wenn die Kleine aber aufwacht, und sie hätte keine Milch für sie, würde alles rasch aus dem Ruder laufen: Sie würde brüllen, ihren Bruder aufwecken und im schlimmsten Fall ihre Eltern, was Alika zwingen würde, ihren Fehler einzugestehen.

»Lügen Sie nicht. Geben Sie Ihre Fehler zu. Leugnen Sie sie nicht, weder vor Ihrem Arbeitgeber noch vor Ihnen selbst. Sonst kann Ihr Arbeitgeber Ihnen nie wieder vertrauen.«

Alika schaut auf die Wanduhr. Drei Uhr morgens. Wenn sie die Kleine nicht wickelt, wird sie stundenlang in ihrem Kaka liegen. Das ist keine Option.

Dann fällt es ihr wieder ein. In der Wickeltasche sind noch zwei Rationen Milchpulver, die sie für den Notfall immer dabeihat. Das ist alles, was sie braucht: eine Flasche für jetzt und eine weitere morgen früh um 8 Uhr. Wenn die Eltern dann beim Skifahren sind, könnte sie den Großen im Kinderclub abgeben (wenn er hingehen will), dann mit der Kleinen in der Trage ins Dorf runtergehen, das Milchpulver (mit dem Geld, das der Vater ihr gegeben hat) und ihre Tampons (mit ihrem Geld) kaufen und für das 11-Uhr-Fläschchen zurück im Hotel sein. Perfekt. Waschen würde sie sich anschließend.

»Sie müssen jeden Morgen ein Bad nehmen und jeden Abend, bevor Sie zu Bett gehen, duschen.«

»Sie müssen sich dreimal (3) am Tag die Zähne putzen.«

Die Wickeltasche, die zwei Dosen Milchpulver.

Das Problem ist, dass die Wickeltasche im Elternschlafzimmer steht (womit sie sich bestimmt eine Zurechtweisung einhandelt, Monsieur hasst es, wenn sie »ihren Kram« herumliegen lässt).

Ins Schlafzimmer der Arbeitgeber zu gehen, während sie schlafen, ist ein schlimmes Vergehen. Das ist so offensichtlich, dass es im Handbuch nicht einmal erwähnt wird. Das könnte sie ihre Stelle und ein einfaches Flugticket auf die Philippinen kosten. Oder Schlimmeres. Nun, sie muss zugeben, dass sie nie grob mit ihr umgehen. Und sie weiß, dass sie sich glücklich schätzen kann. Wenn sie hört, was ihre Kolleginnen, die sie sonntags in dem Park trifft, der an das Haus ihrer Arbeitgeber grenzt, regelmäßig berichten, wird ihr bewusst, dass sie es gut getroffen hat. Schläge und Vergewaltigungen sind an der Tagesordnung.

»Werden Sie nicht schwanger. Sie werden alle sechs Monate getestet.«

Ihre Freundin Rose ist vor ein paar Wochen von ihrem Chef geschwängert worden. Alika hat ihr geraten, sich bei der Botschaft Hilfe zu holen. Aber Rose hat sich lieber vor einen Zug geworfen.

»Wenden Sie sich nicht an die philippinische Botschaft, außer Ihr Leben ist in Gefahr.«

Alika weiß, was sie riskiert, wenn sie die Wickeltasche holt.

Wenn sie es nicht täte, wenn sie die kleinen rosa Pobacken in der Kacke schmoren ließe, würde die Kleine am nächsten Tag im schlimmsten Fall ein wenig wund sein, was die Eltern vermutlich nicht einmal bemerken würden. Die Mutter wickelt sie nur gelegentlich, der Vater nie. Alle scheinen sich einig zu sein, dass »das« nicht seine Aufgabe ist, ebenso wenig wie alles andere, was den Haushalt betrifft. Das ist die Aufgabe von Madame, die sie an Alika delegiert. Monsieur spricht sie deshalb auch fast nie an.

Schlimmstenfalls würde die Kleine also ein paar Tage

lang ein leichtes Brennen spüren und damit wäre die Sache erledigt ... Das oder das Leben ihrer eigenen Kinder riskieren – da gibt es keinen Zweifel.

Und doch ... Alika fragt sich, welche verdrehte Welt ihr eine so abartige Wahl auferlegt. Das kommt nicht überraschend, das Scheitern des Abenteuers Menschheit zeichnet sich bereits ab. Wenn es einen Gott gibt, der einen Kredit aufgenommen hat, um sein Unternehmen für menschliche Zivilisation aufzubauen, so scheint Alika die Lage, in der sie sich befindet, Anlass zu geben, Konkurs anzumelden. Aber sie ist nicht einmal wütend. Sie ist traurig und müde. Gewiss ein schlechtes Zeichen. Was wird sie noch aufrechthalten, wenn die Wut verschwindet?

Das kleine Mädchen macht wieder die Saugbewegung. Alika wird es warm ums Herz. Erneut durchlaufen sie Wellen der Zärtlichkeit. Sie hat Mitleid mit dem kleinen Wesen, das für das alles nichts kann. Mitleid, weil sie es in seinen Fäkalien schlafen lässt, weil es in so eine hässliche Welt hineingeboren wurde, auch wenn es auf der richtigen Seite des Grabens gelandet ist. Allerdings ist sie sich nicht sicher, ob das Elend auf jener Seite weniger groß ist. Eine Träne fällt auf die Daunendecke, leicht wie Morgennebel.

»Weinen Sie nicht. Die Arbeitgeber mögen das nicht und denken, dass Weinen Unglück bringt.«

Sie kann die Kleine nicht so lassen. Sei es drum.

Sie steht auf und legt sie in ihre Wiege, eine wunderschöne Halbkugel aus Rattan, die vom Hotel zur Verfügung gestellt wurde.

Sie weiß, dass sie nicht mehr als eine Minute Zeit hat, bis die Kleine aufwacht.

Sie schleicht aus dem Raum. Die Suite besteht aus einem Wohnzimmer, zwei Schlafzimmern, eines für die Eltern, eines für die Kinder (und Alika), einem großen Bad mit Whirlpoolbadewanne (150 Liter Wasser pro Bad, pro Kind und pro Tag) und einem kleinen mit Dusche.

Sie durchquert das Wohnzimmer. Der dicke, weiche Teppichboden dämpft ihre Schritte. Durch das Panoramafenster sieht sie die geisterhaft dunkle Masse der Berge und die Scheinwerferkegel der Pistenraupen. Es ist noch nicht 4 Uhr. Die Schiebetür des Master Bedrooms ist natürlich geschlossen. Alika hofft, dass sie nicht abgeschlossen haben. Nein. Die Tür gleitet leise fauchend auf. Es riecht nach der Nachtcreme von Madame, »Elixier Source étérnelle« der Laboratoires Valdieu, und nach rotwein- und salamigetränktem Atem. Zweimal leises Schnarchen. Sie haben die schweren Vorhänge mit Ton-in-Ton-Muster zugezogen, es ist stockdunkel im Zimmer. Alika sieht die Hand vor Augen nicht. Blind geht sie weiter, ihrem räumlichen Gedächtnis vertrauend. Die Wickeltasche muss auf dem Sessel neben dem kleinen Schreibtisch stehen, gegenüber vom Bett. Bleibt zu hoffen, dass sie die Tasche nicht woanders hingestellt haben.

Die Kleine gibt ein leises Wimmern von sich, das bald in Weinen übergehen wird. Alika hat keine Zeit mehr zu verlieren. Sie macht zwei große Schritte in die Richtung, die sie für die richtige hält. Sie stößt sich den großen Zeh. Am eisernen Tischbein. Ein stechender Schmerz flammt auf. Alika unterdrückt den philippinischen Fluch, der ihr auf der Zunge liegt. Das Schnarchen setzt kurz aus. Sie rührt sich nicht, hält die Luft an. Dort, wo sie steht, kann sie niemand sehen, die Dunkelheit ist undurchdringlich. Aber die Schiebetür ist offen. Ein bläuliches Rechteck zeichnet sich in der Schwärze ab. Wenn ein Elternteil aufwacht, wird er sofort merken, dass sich ein Eindringling im Zimmer befindet. Das wäre eine Katastrophe. Alika spürt ein schmerzhaftes Pochen in ihrem rechten großen Zeh. Im Bett bewegt sich jemand, dreht sich um. Sie schließt die Augen, als könnte sie sich dadurch in Luft auflösen. Das Wimmern der Kleinen wird lauter. Alika hält erneut den Atem an. Monsieur stößt ein tiefes Seufzen aus, wie eine Beschwerde. Er schnaubt, räuspert sich.

Und dann nichts mehr. Alika holt Luft. Sie greift dahin, wo sie den Sessel vermutet. Ihre Finger berühren das kühle Anilinleder der Wickeltasche. Sie umfasst den Henkel und dreht sich um. Das blaue Rechteck leuchtet ihr entgegen. Der Rückweg wird viel einfacher. Sie hofft nur, dass ihr Zeh nicht blutet. Als sie das Wohnzimmer erreicht, schnaubt Monsieur erneut und dreht sich geräuschvoll im Bett um. Alika schiebt die Tür zu, betend, dass das Fauchen niemanden alarmiert. Und dann eilt sie in das andere Schlafzimmer, wo die Kleine in ihrem Rattankokon gerade zum Gebrüll ansetzt.

Alika betrachtet die Schneeflocken, die im gelben Licht der Straßenlaterne wirbeln. Das Kind in ihrem Arm ist wieder eingeschlafen, sauber und satt.

Die Scheinwerfer der letzten Pistenraupe werden ausgeschaltet.

Alika lehnt ihren schmerzenden Nacken gegen die samtige Rückenlehne des Sessels und schließt die Augen.

»Setzen Sie sich in Anwesenheit Ihres Arbeitgebers nicht auf eine bequeme Sitzgelegenheit.«*

Ihre Kinder am anderen Ende der Welt müssen gerade in der Schule sein. Solange sie sie in ihren Gedanken trägt, wird der unsichtbare Faden nicht abreißen. Auch wenn sie vergessen haben, wer sie ist.

* Originalzitate in Übersetzung aus dem Handbuch der Abest-Schule für Hausangestellte (Manila, Philippinen). Quelle: Julien Brygo, »Soyez humble«. Le Monde diplomatique, September 2011.

JULIANNE

Vor dem geschlossenen Restaurant mit den sechsteckigen Fenstern geht Julianne auf Alika zu.

Sie fragt: »Darf ich mich setzen?«, und deutet auf die Plastikbank.

»Sorry, no speak french.«

Julianne übergeht die Antwort gleichgültig und beginnt zu reden. Alika versteht kein Wort, aber das ist Julianne egal. Wichtig ist nur, dass sie erzählen kann. Nicht nach Hause muss, wo die Stille auf sie wartet. Hauptsache eine ungefährliche menschliche Anwesenheit, zu der sie eine Verbindung aufbauen kann. Sie muss sie so lange wie möglich fesseln. Von der Nacht erzählen und sie wieder durchleben, die Nacht, in der all ihre Nachbarn starben. Sie liegt zwei Jahre zurück. Aber sie ist immer noch da, in jeder Sekunde.

Julianne hockt zusammengekauert in ihrem Kleiderschrank. Sie hat sich seit drei Stunden nicht bewegt. Ihre Knie schmerzen. Sie hat das Gefühl, dass ihre Sitzbeinhöcker bald ihre Pobacken durchstoßen. Zuvor musste sie pinkeln, aber sie hat aufgegeben und nimmt in Kauf, sich einzunässen. Nun ist ihr kalt. Ihr fällt das Thermostat ein, das nachts auf 10 Grad eingestellt ist. Verdammter Ökofimmel. Nun, der Klimaschutz ist, wenn sie ehrlich ist, nur ein Vorwand.

Tief in ihrem Kleiderschrank, bibbernd in einer Lache erkalteter Pisse sitzend, wird Julianne klar, dass sie geizig ist. Mit achtunddreißig Jahren ist sie eine knickrige und verbitterte alte Frau.

Was ihr sicher das Leben gerettet hat.

Ihr Haus ist derart ausgekühlt und leer, dass sie gedacht haben müssen, es sei unbewohnt.

Sie haben die Haustür zerstört. Mit einer Salve aus der Kalaschnikow. Ein monströser Lärm, der sie aus dem Schlaf riss. Sie hörte den Krach, aber vor allem spürte sie regelrecht, wie die Kugeln in die Wände einschlugen. Es war, als würden sie in ihr eigenes Fleisch dringen. Ein paar Sekunden lang verschmolz sie mit den Steinwänden ihres Hauses, fühlte die Einschläge, betäubt von ihrer Brutalität.

Sie kamen rein.

Bolle kläffte freundlich. Der schlechteste Wachhund der Welt. Die Szene lief in Juliannes Kopf ab, als würde sie sie mit eigenen Augen sehen. Der kleine, ein wenig dickliche Cockerspaniel, der vor lauter Schwanzwedeln mit dem ganzen Leib wackelte. In seinen Augen mussten die Eindringlinge so etwas lesen wie: »Oh, prima, Besuch! Ihr seid meine neuen Freunde!«

Eine weitere Salve. Kein Bolle mehr.

Es waren drei oder vier. Vielleicht auch zwei. Oder vierzig, Julianne hat keinen blassen Schimmer. Sie schwärmten aus. Einer von ihnen kam in ihr Schlafzimmer, mit den energischen und sicheren Schritten eines Mannes, der weiß, was er tut. Er befand sich nur wenige Zentimeter von ihr entfernt, direkt vor dem Schrank. Ein Schrank, den sie von ihrer Großmutter geerbt hatte. Aus dunkler Eiche. So ein Möbelstück, das man Jungvermählten schenkte, zusammen mit einem Bett und passenden Nachttischen. Das war, bevor es Ikea gab.

Sie beglückwünschte sich, das Bett gemacht zu haben, bevor sie sich versteckte, still küsste sie ihr Handgelenk. Eine List. Die war ihr einfach so eingefallen. Sie hatte die Kalaschnikow gehört, Bolles Kläffen, wieder die Kalaschnikow, also war sie aufgesprungen, um sich zu verstecken, doch dann war ihr eingefallen, dass ein warmes, ungemachtes Bett ihr Todesurteil wäre. Innerhalb von fünf Sekunden hatte sie also ordentlich ihr Bett gemacht. Der Mann, der wenige Zentimeter von ihr entfernt stand, muss gedacht haben, dass die Hausbewohnerin die Nacht woanders verbrachte. Vielleicht bei einem Liebhaber. Denkste!

Auf jeden Fall hat es geklappt.

Sie wechselten ein paar Worte in einer ihr unbekannten Sprache und zogen dann zu anderen Häusern weiter, um andere Leute zu töten.

Sie sagt sich, dass sie ist, wie ihr Haus wirkt.

Kalt, leer und starr.

Sie versucht nachzuvollziehen, wie alles ins Wanken geriet. Der Abend war bis dahin doch normal verlaufen. Sie war von der Arbeit nach Hause gekommen, hatte ihre Post aus dem Briefkasten genommen, eine Rechnung in den »Ausstehend«-Korb auf ihrem Schreibtisch gelegt. Sie war mit Bolle spazieren gegangen. Dann hatte sie gegessen. Eine Dosensuppe »Sonnengemüse« und eine Scheibe Brot mit fettarmem Frischkäse, Knoblauch und feine Kräuter.

Währenddessen hatte sie Nachrichten geschaut. Terrorismus, angespannte diplomatische Beziehungen zwischen dem Iran und den USA, ein politischer Skandal wegen Veruntreuung öffentlicher Gelder, das weiße Nashorn offiziell eine »ausgestorbene Art«, Manchester United gegen Barça, eine feministische Aktivistin von Dubliner Polizisten zu Tode geprügelt. Das Übliche. Von Migranten, die im Mittelmeer ertrinken, war schon nicht mehr die Rede. Den Medien war das inzwischen keine Meldung mehr wert.

Dann schaute sie »Galileo«. Eigentlich wäre ihr eine Folge von *Orange is the new black* lieber gewesen, aber sie zwang sich, mindestens eine Wissenssendung pro Woche zu schauen. Das schien ihr das absolute Minimum, um nicht vollkommen zu verblöden. Das Lesen hatte sie schließlich schon aufgegeben. Zu ruhig. Das Fernsehen schuf die Illusion einer Anwesenheit. Bei Galileo war es so, als hätte sie den Abend mit dem Moderator verbracht. Die Stille, die auf das Abschalten des Fernsehers folgte, konnte sie nicht ausstehen.

Der Fernseher war für Julianne, was das Lagerfeuer für Steinzeitmenschen gewesen sein musste. Er vertrieb die Dunkelheit, wärmte sie und beschützte sie vor Angreifern. Sobald sie das Gerät ausschaltete, wurde sie von Dunkelheit und Einsamkeit gepackt. Es war wie ein Schlag in den Unterleib, wo sich ihre tägliche Dosis Depression ausbreitete. Um den Schock zu lindern, stellte sie den Fernseher erst nach und nach leiser. Und sie sprach mit Bolle.

An jenem Abend hatte sie ihm wie immer einen Hundekeks gegeben. Beim Hochgehen hatte sie die vierte Treppenstufe überstiegen, da diese knarrte. Nicht aus Angst vor dem Geräusch, sondern aus Aberglaube. Sie ist überzeugt, dass es Unglück bringt, wenn sie die Stufe knarren lässt. Als ob das Knarren eine böse Kraft wecken könnte, die in den warmen Nischen ihres Alltags schlummert.

Sie hatte auch einen Hundekeks gegessen. Das ist ihr kleines Geheimnis. Ihres und Bolles. Sie mag den Geschmack. Sie hat davon bestimmt einen schlechten Atem. Vor allem am nächsten Morgen, weil sie sich abends die Zähne nicht mehr putzt. Doch das ist egal, sie schläft allein.

Nun sitzt sie im Schrank in einer Urinpfütze und fragt sich, ob sie schlechten Atem hat. Sie hat merkwürdige Gedanken. Sie springen hin und her.

Ein Lied geht ihr durch den Kopf. »Light my fire« von The Doors.

Ob sich ihre Haare vollständig erneuert haben, seit sie zum letzten Mal Sex hatte?

Das war vor eineinhalb Jahren. Mit Thierry. Eine abstruse Geschichte. Vielleicht erinnern sich ihre Haarspitzen noch daran. Danach fühlte sie sich wie ein benutztes Taschentuch. Oder wie eine Socke. So eine, in die Jungs wichsen.

Thierry war ein alter Bekannter. Ein entfernter Bekannter. Von der Arbeit. Sie arbeitet für eine Steuerberatungsfirma und besucht am Ende jeden Quartals die Kunden für die Umsatzsteuer-Voranmeldung. Thierry war so einer. Sie verbrachten den ganzen Tag zusammen, während sie die Eintragungen überprüften und sie ihm die Buchungscodes erklärte. Buchhaltung lag ihm nicht, seine Firma verkaufte Swimmingpools. Er besichtigte lieber Gärten, zeichnete Pläne, überwachte die Bauarbeiten, als sich an einen Computer zu hocken, um Rechnungsbelege und Kontoauszüge einzuspeisen.

Julianne war geduldig. Sie musste ihm jedes Trimester die gleichen Dinge von vorne erklären, aber sie blieb professionell.

Manchmal scherzten sie miteinander. Thierry brachte sie zum Kichern. Er hatte außerdem das gewisse Etwas – das Gebaren eines Mannes, der die Dinge im Griff hat, sich seiner sicher ist, und das brachte Juliannes Bauch ein wenig in Aufruhr. Wenn sie den Tag in Thierrys Büro verbrachten, war sie leicht angespannt. Doch es war eine angenehme Spannung. Manchmal trat er hinter sie, und sie stellte sich vor, wie es wäre, wenn er langsam näher käme, an ihrem Haar riechen und seine Hände auf ihre Brüste legen würde. Doch sie vertrieb den Gedanken rasch und konzentrierte sich wieder auf die Buchungen. Sie machte sich nichts vor. Er war verheiratet. Und zu gut für sie. Auch wenn er kein attraktiver Mann war, wusste Julianne, dass sie nicht in der gleichen Liga spielten.

Sie begnügte sich mit ihren Empfindungen, die sie den Tag über sammelte, abends nach Hause mitnahm und die, sobald es Nacht wurde, ihre Fantasie anregten.

Eines Tages jedoch war die Spannung gestiegen.

Es waren nur Kleinigkeiten. Während sie ihm auf dem Computerbildschirm den Unterschied zwischen dem normalen und dem reduzierten Mehrwertsteuersatz zeigte, kamen sich ihre Gesichter sehr nah. Näher als notwendig. Ihre Knie berührten sich, und weder er noch sie zogen sie zurück. Am selben Tag, ein wenig später, erzählte ihr Thierry einen Witz und legte dabei seine Hand auf ihren

Unterarm. Eine dem Anschein nach unschuldige Geste, aber Juliannes Bauch begann zu glühen. Es gab an diesem Tag viel zu tun. Sie mussten ein wenig länger bleiben. Thierry bestellte thailändisches Essen. Und eine Flasche Wein. Sie machten sich wieder an die Arbeit, die Stühle eng aneinandergerückt, die Berührung der Knie schloss nun auch die Oberschenkel ein.

Erneut streckte Thierry die Hand nach ihr aus. Dieses Mal landete sie auf Juliannes Bein. Mit den Fingerspitzen streifte er ihre Leiste. Sie sprachen weiter über Zahlen, gaben vor, den Elefanten im Raum nicht zu sehen. Julianne war kurz davor zu kommen. Thierrys Hand glitt langsam weiter, seine Finger begannen, Julianne zwischen den Beinen durch die Hose zu streicheln. Dann packte er mit seiner freien Hand Juliannes Gesicht und küsste sie. Sie fielen auf dem Schreibtisch übereinander her, mitten zwischen den aufgeklappten Aktenordnern. Es ging schnell. Viel zu schnell. Als Thierry seinen Hosenschlitz schloss, bemerkte Julianne an seinem ausweichenden Blick, dass er sich bereits schämte. Nicht, weil er seine Frau betrogen hatte. Sondern weil er sie, Julianne, gefickt hatte. Die sozial unter ihm stand. Seine Sinne waren an dem Tag einfach nur in Aufruhr. Er hätte sich auch auf der Toilette einen runterholen können, aber Julianne war eben da, also warum nicht.

Sie mochte das Gefühl nicht, aber sie gewöhnte sich allmählich daran. Das geschah ihr nicht zum ersten Mal. Sie wusste, wie sie reagieren musste, damit die Situation nicht zu unangenehm für ihn wurde. Sie war rasch gegangen, und als sie sich wiedersahen, ein Quartal später, hatte sie keine Anspielung auf das Geschehene gemacht. Ihre Zusammenarbeit lief weiter wie zuvor, abzüglich der Spannung.

Tief in ihrem Schrank sitzend, empfindet Julianne keine besondere Freude bei der Erinnerung an dieses klägliche Stelldichein. Aber sie bedeutet zumindest Ablenkung. Und genau jetzt ist Ablenkung unerlässlich.

Um nicht mehr an den Schrei zu denken.

Den der Nachbarin, Judith.

Sie hat ihn immer noch im Ohr. Sie will ihn nicht mehr hören. Und doch weiß sie, dass kein einziger Tag mehr vergehen wird, ohne dass dieser Schrei durch ihr Gehirn walzt. Ein animalischer Schrei. Der Schrei einer Mutter. Direkt aus der Steinzeit, aus den Höhlen flog er durch die menschliche Zivilisationsgeschichte und schlitzte sie auf wie ein Dolch, der durch ein Meistergemälde fährt.

Ein Schrei wie nicht von dieser Welt. Nicht der Lebenden und nicht der Toten. Der sich jeglichen Gesetzen widersetzt. Und sich ins Trommelfell dreht wie eine Bohrmaschine.

Weitere Schüsse. Noch ein Schrei. Noch schlimmer als der vorherige. Er zerstört alles Schöne in Juliannes Innerem.

Ihren Blick auf die Welt, als sei diese ein Garten, mit Dornen, Brennnesseln, Regentagen und ein paar toten Hasen, ja, aber auch mit Sonnenlicht, einer warmen, nach Zimt duftenden Brise, Pfingstrosen, die den Frühling einläuten, einem kleinen Bach, einem friedlich gluckernden kleinen Rinnsal, weichem Gras unter den nackten Füßen, süßen Früchten, die man überall finden kann, wenn man sich nur die Mühe macht, nach ihnen zu suchen.

Bisher ist es ihr gelungen, sich von den Hasenkadavern fernzuhalten, um den Gestank nicht wahrzunehmen.

Der Schrei hat den Garten vollständig zerstört. Das Licht ist verschwunden, die Bäume sind tot, sogar der Bach ist ausgetrocknet. Der Garten hat sich in ein Massengrab verwandelt.

Auf den zweiten Schrei folgte eine weitere Salve aus der Maschinenpistole, dann nichts mehr. Stille.

Dann wieder Schreie und Schüsse, aber immer weiter entfernt.

Und dann Stille, diesmal endgültig.

Eine Stille, wie sie Julianne noch nie gehört hat.

Sie wohnt in einer ganz kleinen Siedlung.

Weit weg von der Stadt und dem ständigen Lärm, doch sind auf beruhigende Weise trotzdem ständig Geräusche zu hören, sogar nachts. Ein Auto, ein weinendes Baby, ein Lachen, ein sich liebendes Paar.

Geräusche, die sie tief im Schlaf finden und ihr zuflüstern, dass ihresgleichen da ist, nur ein paar Meter entfernt, dass sie Teil einer großen Gemeinschaft ist, dass sie beschützt wird und sie sich ausruhen kann, ohne etwas zu befürchten.

Eine kleine Siedlung. Ein Dutzend Häuser, Felder, Wiesen und Steinmäuerchen, auf denen Kinder Seiltänzer spielen. Ein paar Familien, ein paar Rentner und sie. Und Bolle.

Ohrenbetäubende Stille. Ihre Beschützer sind tot und die Angreifer irgendwo da draußen, im Verborgenen. Vielleicht auch in ihrem Haus. Julianne traut sich nicht, sich zu bewegen, weil sie glaubt, dass noch jemand da ist. Einer, der heimtückischer ist als die anderen. Und irgendwo im Haus reglos darauf wartet, dass sie aus ihrem Versteck kommt.

Ihm ist nicht kalt und ihm tut auch nichts weh.

Er ist trainiert. Er hat einen ausgeprägten Geruchssinn. Er riecht ihren Urin, atmet tief ein, um jeden Partikel zu erhaschen. Kreatinin, Harnsäure, Hippursäure. Und er lächelt im Dunkeln.

Eine Frage lässt Julianne sonderbarerweise nicht los.

Welcher Schrei gehörte zu welchem Kind?

Hat Manon zuerst geschrien? Oder Louis?

Manon, sechs Jahre, Louis, dreieinhalb Jahre.

Das ist unwichtig, das weiß sie, aber die Frage rollt in ihrem Kopf herum wie eine weiß glühende Murmel.

Judith lebt im Nachbarhaus. Nun, lebte.

Ursprünglich gehörten die zwei Doppelhaushälften zusammen, aber dann kamen die Krise und das Bevölkerungswachstum. Die Wohnungen mussten unterteilt, Wände hochgezogen werden. Die Architektur wurde verschandelt. Körper entzweigeschnitten. So entstanden merkwürdige Gärten, zu lang und zu schmal. Julianne fand das schon immer absurd: Sie konnte mit ihrem Garten nichts anfangen, sie hatte keinen grünen Daumen. Er diente höchstens Bolle als Klo. Sie hätte ihn genauso gut Judith überlassen können, die ihn mit ihren beiden Kleinen viel besser genutzt hätte. Aber gut, er gehörte ihr, so stand es im Grundbuch, und man sollte nicht alles durcheinanderbringen, sonst respektiert niemand mehr das Recht auf Eigentum, sonst verschwimmen alle zivilisatorischen Grenzen und die Regeln des Miteinanders lösen sich auf, und diese Welt ist schon chaotisch genug. Die Zivilisation hängt schlussendlich an Besitzurkunden. Und an Steuererklärungen.

Judith hat also im Nachbarhaus gelebt. Allein mit ihren beiden Kindern. Manon sechs Jahre. Louis dreieinhalb Jahre. Manon sechs Jahre. Louis dreieinhalb Jahre. Manon sechs Jahre. Louis dreieinhalb Jahre.

Julianne hat manchmal auf sie aufgepasst.

Zuerst lebte auch Jérôme bei ihnen, der Papa. Ein netter, hyperaktiver Typ, der viel arbeitete. Er hatte ein Start-up gegründet. Sehr sportlich, ein Haufen Freunde, in viele Projekte involviert und nicht sehr oft zu Hause. Und wenn er da war, kam es Judith so vor, als hätte sie noch ein weiteres Kind zu Hause. Einen richtigen Bengel, der nicht still sitzen konnte.

Also hatte sie ihn verlassen, und Jérôme hatte sich nie wirklich davon erholt.

Julianne hatte darin eine enorme Verschwendung gesehen. Jérôme war unglücklich, Manon und Louis waren unglücklich, und Judith war frei, aber allein. Julianne fand Judith ein wenig kapriziös. Wie alle hübschen Mädchen. Sie können jeden beliebigen Mann haben, also werden sie wählerisch, greifen zu und lassen wieder fallen. Sie geben nicht viel auf die Liebe eines Mannes, denn sie fliegt ihnen einfach zu.

Sie ertappt sich bei dem Gedanken, dass Jérôme, hätte Judith ihn nicht verlassen, da gewesen wäre, um sie zu beschützen, sie und die Kleinen, und sie dann vielleicht noch am Leben wären. Aber wenn man eben Prinzessin sein will ...

Julianne ekelt sich vor sich selbst, weil sie so etwas denkt.

Sie fängt lautlos an zu weinen. Die herablaufenden Tränen wärmen ein wenig ihr Gesicht.

Plötzlich der Gedanke, wie eine scharfe Klinge, die ihr zwischen die Brüste fährt, dass ihre Tränen einen Geruch verströmen könnten. Der Geruch könnte den im Dunkeln verborgenen Angreifer anstacheln, also befiehlt sie ihren Tränendrüsen, jede Aktivität einzustellen.

Und sie gehorchen. Zum ersten Mal in ihrem Leben.

Trotz der Angst, der Kälte und des Schmerzes ist sie ein wenig beleidigt, dass ihr Leben zu einem Massengrab werden musste, damit sie endlich Herrin über ihre Tränen wird.

Dabei hat sie sie noch nie kontrollieren können.

Eine scharfe Bemerkung des Postbeamten hinter dem Schalter, ein verärgerter Blick ihres Chefs, manchmal sogar nur, wenn sie jemanden anruft und den Anrufbeantworter antrifft, sie lässt keine Gelegenheit aus, um Tränen fließen zu lassen. Auch wenn sie mit aller Kraft dagegen ankämpft, werden ihre Augen immer feucht. Und wenn die Augen erst mal feucht sind, ist es vorbei. Das weiß Julianne genau. Auch wenn die Tränen noch nicht herunterrollen. Einen Moment lang kann sie sie im Auge balancieren, wenn sie den Kopf zurücklegt, aber beim ersten Blinzeln werden sie von den Lidern wie von Scheibenwischern hinauskatapultiert.

Sollte ihr Gegenüber es bis dahin nicht begriffen haben, war es spätestens dann gelaufen. Eine dicke Spur der Schwäche auf jeder Wange.

Der Blick der anderen zeigt wahlweise Unverständnis, Verärgerung, sogar Verzweiflung, Mitleid, Befriedigung, Unwohlsein, Schuld, was auch immer ... Die Wirkung auf Julianne ist immer dieselbe. Die erste Träne bereitet den Weg für ihre Schwestern, die nur darauf warten, in ihre Fußstapfen zu treten. Da wird geschoben und gedrängt, bis es in lauten Schluchzern aus ihr herausbricht. Dann steigt die Nase auch mit ein, der Rotz strömt, sie hat kein Taschentuch, also wischt sie ihn mit dem Ärmel ab.

In solchen Momenten würde sie gerne verschwinden, sich von der Welt subtrahieren, aus diesem Zug aussteigen, für den sie nie eine Fahrkarte gekauft hat.

Sie hat doch keine Ansprüche. Gar keine. Verdammt.

Am Tag ihrer Zeugung muss dem Universum ein Fehler unterlaufen sein. Irgendwo in der perfekt geölten Maschine musste ein Rädchen gehakt haben. Eine zeitlich unpassende Ejakulation, ein zu hartnäckiges Spermium, ein defektes Verhütungsmittel und voilà, Julianne, der Irrtum.

Manchmal denkt sie, dass es der Welt sicher deswegen so schlecht geht, durch den Schmetterlingseffekt.

Und gerade erlebt sie die tragischen Folgen dieses Irrtums. Das Ende der Welt.

Es hat vor achtunddreißig Jahren mit ihrer irrtümlichen Zeugung begonnen, die Folgefehler ausgelöst hat und diese wiederum andere, die sich exponentiell angehäuft haben, bis zu dieser Nacht, bis zu diesem Moment.

Bestimmt schafft sie es deshalb, ihre Tränen unter Kontrolle zu halten. Die unveränderlichen Gesetze der Welt werden bereits vom Nichts aufgesogen, die Erde schwebt am Rand eines schwarzen Lochs, in der Sekunde vor ihrer

Auslöschung. Die Rückkehr zum ursprünglichen Nichts. Bald ist sie an der Reihe. Und der Angreifer.

Julianne überlegt, ob sie sich lieber erschießen oder vom Nichts verschlingen lassen soll.

Sie überlegt auch, ob der Angreifer in dem Moment, da er aufgesogen wird, aufhört, ein Angreifer zu sein. Ob er sie dann wie eine Schwester sieht, als Mitglied seines Klans, dem der Menschen, dem der Säugetiere, dem der Lebewesen. Oder ob der Hass stärker ist.

Ihr wird bewusst, dass sie keine Angst hat, heute Nacht zu sterben. Der gesamte Planet ist dabei, in ein schwarzes Loch zu gleiten, und das ist ihr nur recht.

Manon sechs Jahre, Louis dreieinhalb Jahre, wurden abgeschlachtet, was ergibt danach noch einen Sinn?

Sterben, verschwinden, egal – wovor sie sich fürchtet, ist, dass es ohne Liebe geschieht.

Oh, sie verlangt nicht viel, nein.

Das Lächeln einer Kassiererin, das Nicken eines Fußgängers, den man über die Straße lässt, ein Lied, ein neugieriges Kindergesicht, halb versteckt im Rock der Mutter, irgendetwas, das ihr zeigt, dass der Garten wirklich existiert hat.

Sie ist bereit.

Alles ist besser als die Einsamkeit, die Kälte, der Schmerz, der Urin, ihr Hundekeks-Atem.

Langsam richtet sie sich auf. Ihre Knie schreien vor Schmerz und Erleichterung. Ihre Füße sind taub, aber sie existieren und sind noch immer ihre Füße. Ihre Finger greifen nach einem Kleiderbügel, um ihre Beine zu entlasten. Und diese gegenseitige Hilfe, diese Solidarität zwischen den verschiedenen Teilen ihres Körpers, tröstet sie ein wenig.

Julianne drückt die Tür des Kleiderschranks auf. Sie knarrt. Verdammt, warum hat sie die Tür nie geölt!

Sie stellt sich vor, wie der Angreifer die Ohren spitzt, frohlockt. Er leckt sich die Lippen. Er wird enttäuscht sein. Sie wird keine Angst haben. Sie wird ihn direkt ansehen, in seinen Augen eine Spur von Menschlichkeit suchen. Die Kalaschnikow wird sie keines Blickes würdigen, sie wird den Schuss nicht hören. Und wenn er sie vor dem Erschießen quälen oder sogar vergewaltigen will, auch egal. Dann wird sie sich sagen, dass dahinter eine Form von Liebe steckt.

Sie kommt aus ihrem Versteck.

Sie geht durch die Tür des Schlafzimmers, in den Flur. Kein Angreifer.

Julianne fragt sich, ob das alles wirklich geschehen ist.

Sie geht die Treppe hinunter. Es herrscht tiefe Dunkelheit, aber sie setzt sicher einen Fuß vor den anderen. Ihr Körper kennt das Haus auswendig. Der Teppich fühlt sich gut unter ihren Füßen an. So weich. Warum hat sie das vorher nie bemerkt? Sie tritt auf die vierte Stufe, die knarrende Stufe. Eine bewusste Entscheidung. Fast ein rebellischer Akt. Sie hat einen stillen Pakt mit der Stufe geschlossen. Ich bringe dich nicht zum Knarren und du sorgst dafür, dass in meiner erbärmlichen Existenz das Gleichgewicht erhalten bleibt. Dass die böse Macht in ihrem verdammten Winkel weiterschläft. Die Stufe hat ihren Teil der Abmachung nicht eingehalten. Pech für sie. Soll sie eben knarren.

Julianne erreicht den Eingangsflur.

Bolle liegt auf dem Boden, das rote Fell mit schwarzen Blutflecken übersät. Die Haustür ist zerstört, das Schloss aufgebrochen.

Es ist geschehen.

Aber keine Spur der Angreifer. Sie sind weg.

Wie gern würde sie sich umziehen. Ihr Schlafanzug ist uringetränkt. Die Haut an ihren Oberschenkeln fängt zu jucken an. Aber der Gedanke, zurück in ihr Schlafzimmer zu gehen, die Stufe knarren zu lassen, ihren Kleiderschrank wiederzusehen, lässt sie erstarren. Alles, was sie will, ist bei anderen Menschen sein. Sie fühlt sich wie eine Außerirdische, die auf eine unbekannte Lebensform trifft. Sie könnte telefonieren. Ihr Smartphone liegt auf dem Tischchen am Eingang, an die Steckdose angeschlossen. Sie könnte. Aber sie sehnt sich nach körperlicher Nähe. Sie will raus aus ihrem Haus, raus aus der Siedlung. Und außerdem hat sie Angst, dass sie niemanden erreicht.

Sie schnappt sich die Schlüssel, ihren Mantel, ihre Handtasche, wirft einen Blick auf die Wanduhr im Flur. 6 Uhr 12.

Sie verlässt das Haus. Die Straße ist wie ausgestorben, friedlich. Die Vögel beginnen ihr morgendliches Konzert. Wie können sie es wagen?

Es ist kühl.

Sie betätigt ihren automatischen Autoschlüssel. Das Entriegeln der Türen zerreißt die Stille. Sie setzt sich mit ihrem nassen Hintern auf den Autositz und schließt die Fahrertür so leise wie möglich. Aus Respekt vor den Toten. Sie dreht den Schlüssel herum. Sie zuckt zusammen, als das Radio losdröhnt. Dankbar küsst sie ihr Lenkrad. Die

Radioantennen senden, die Menschheit existiert noch. Sie fühlt sich bereits weniger allein. Doch sofort packt sie wieder das Grauen. Wenn die Angreifer noch in der Nähe sind, können sie jeden Moment auftauchen, angezogen durch den Lärm. Diese Vorstellung stürzt auf sie nieder wie ein Greifvogel, lässt blanke Angst durch ihre Adern schießen. Sie startet den Wagen, ihre Bewegungen sind fahrig, der Motor säuft ab. Durch ihre zugeschnürte Kehle dringt kaum noch Luft in ihre Lungen. Sie stellt sich vor, wie die Angreifer nur wenige Meter von ihrem Auto entfernt stehen, begeistert bei dem Gedanken an ein weiteres Opfer. Sie brüllt, um die Panik rauszulassen, befiehlt ihrem Gehirn zu gehorchen, die einfachen Gesten auszuführen. Kuppeln, den Schlüssel herumdrehen, Gas geben, die Kupplung loslassen. Das Auto macht einen Satz, streift das von Judith direkt vor ihr, ein zerbrochener Scheinwerfer, ein Alarmsignal, dann die Straße. Die Räder rollen über den Asphalt, sie flieht, fährt durch die Siedlung und verlässt sie, endlich.

Sie fährt in Richtung Stadt. Zu ihren Mitmenschen. Am Horizont das erste Schimmern der Märzsonne.

Normalerweise mag sie die frühen Morgenstunden. Man muss sich diese Stunden verdienen. Besondere Stunden, die man genießt, während der Großteil des Stamms noch schläft.

Sie fährt. In Gedanken bei den Menschen, die sie noch nicht kennt, aber schon liebt.

Die morgendliche Radiosendung spuckt aktuelle Nachrichten aus, speit Werbespots. Es ergibt keinen Sinn. Blut ist geflossen. Literweise. Kinder sind tot, Erwachsene, Bolle, ihr Bewusstsein irrt durch ein Schlachtfeld, und irgendein Irrer im Radio versucht, ihr Elektrogeräte anzudrehen.

Sie begegnet den ersten Autos. Am liebsten würde sie sie anhalten, sich in die Arme der Fahrer werfen.

Die Lichter der Stadt. Wenige Passanten auf den Bürgersteigen. Friedlich. Nachtarbeiter, die in ihr Zuhause zurückkehren. Obdachlose, die auf Kartons schlafen. Frühaufsteher. Nachteulen. Ein Müllauto. Sie kommt an einer Polizeistation vorbei, hält mitten auf der Straße an, springt aus dem Auto und läuft hinein. Sie fällt in die Arme eines verlegenen Polizeibeamten, bricht in Tränen aus. Unkontrolliertes Schluchzen. Sie erzählt ihre Geschichte, zusammenhanglos, abgehackt. Galileo, der Lärm der Kalaschnikow, Bolles Kläffen, die Pisse, Judiths Schreie, der zum Massengrab gewordene Garten, die Stille in der Siedlung, ihr Atem, ob sie schlechten Atem habe? Sie entschuldigt sich. Man reicht ihr ein Taschentuch. Sie brüllt. Das lang gezogene Klagen eines verletzten Tieres. Ihre Nägel fahren über das Metall des Tisches. Wieder Schluchzen. Manon, sechs Jahre, und Louis, dreieinhalb Jahre. Die knarrende Stufe, diese Bazille, die den Pakt gebrochen hat. Schlampe! Und diese singenden Drecksvögel! Können Sie das glauben? Sie haben gesungen, verdammt! Und im Schatten der Angreifer, der die Tränen riecht. Sein finsteres Lächeln. Und die Stille, diese unmenschliche Stille. Und keiner da! Wo waren Sie denn, verdammter Mist, wo waren Sie? Wofür bezahlen wir euch eigentlich, ihr faulen Säcke! Verzeihung, danke, dass Sie da sind. Kann ich Sie umarmen? Nichts Sexuelles, ich brauche das nur, ich bitte Sie … Ich liebe Sie, ich liebe Sie alle … Wir müssen sie holen. Manon, sechs Jahre, und Louis, dreieinhalb Jahre. Wir dürfen sie nicht allein lassen. Sie sind tot, aber Angst haben sie bestimmt ... Bitte, holen Sie sie. Was macht ihr eigentlich, ihr Volldeppen? Wie soll ich es euch noch klarmachen? Und bringt diese verdammten Vögel zum Schweigen! Knallt sie ab! Knallt sie alle ab! Abartige Bande!

Die Polizisten haben den psychiatrischen Notdienst angerufen. Dann fuhren sie hin. Tot. Die ganze Siedlung. Alle Haustüren aufgebrochen. Die Leiber nackt oder im Schlafanzug, von Kugeln durchsiebt. Kinder, Männer, Frauen, Alte, Hunde, alle hingerichtet. Manche sind nicht einmal aufgewacht, andere haben gekämpft, haben versucht sich zu schützen, sich zu verstecken. Keine Überlebenden. Keine Ansprüche.

LOÏC

Ich mag die Nacht. Nicht weil die Dunkelheit die Konturen der Dinge verschwimmen lässt und die Seelen auflöst, die Grenzen zwischen dem Sein und dem Nichts verschwinden oder so ein pseudo-poetischer Kram. Ich mag die Nacht. Punkt. Das ist einfach so. Seit ich ein Kind bin.

Deshalb habe ich mir einen Beruf ausgesucht, bei dem ich so oft wie möglich draußen sein kann, sobald es Abend wird. Ich mache die Nachtschicht beim Pannendienst. Am Tag schlafe ich. Ich schlafe ohnehin wenig. Von 10 bis 15 Uhr. Wenn ich nicht schlafe oder abschleppe, surfe ich im Internet. Twitter oder Facebook. Ich unterhalte mich mit Männern, manchmal sogar mit Frauen, Leuten, die ich mag, weil sie »Klartext reden«. Ich mag Klartext fast so sehr wie die Nacht.

Außerdem verbringe ich nicht wenig Zeit im Forum der Flirtpiraten.

Vor ein paar Monaten hat sich mein Leben geändert. Ein bisschen, als wäre ich neugeboren, und das mit fünfunddreißig. Ich bin auf diese Community gestoßen und habe dort viele Kumpel gefunden.

Vorher sah mein Sexualleben nicht so aus, wie ich es mir als Kind vorgestellt hatte. Mit fünfzehn habe ich Pierce Brosnan als James Bond gesehen und gedacht, dass ich das später mal machen will. Ins Casino eines Luxushotels gehen, in der Hand einen Martini und im Bett eine richtig heiße Braut, jede Nacht eine andere.

Es ist aber nicht so gekommen.

Es gab da ein paar Beziehungen. Sogar eine längere, die sechs Jahre hielt. Mit Tanya. Für Tanya hätte ich alles getan. Sie war eine Hübsche, mit dunklen Augen, nettem Hintern und all dem. Für sie hätte ich sogar am Tag leben und nachts schlafen können. Aber sie hat mich mit so einem Arschloch betrogen, dem Manager des Restaurants, in dem sie gearbeitet hat. Ich hatte es kommen sehen. Schon als der Drecksack sie eingestellt hatte, habe ich zu ihr gesagt: »Der nimmt dich nur wegen deinem Arsch.«

Ich wusste es. Der Typ hatte meine Süße umkreist wie ein Hai.

Ich habe ihre Klamotten, ihr Parfum, ihr Verhalten überwacht, wenn sie zur Arbeit ging. Und ihre Handynachrichten. Ich habe schon gemerkt, dass irgendwas nicht stimmte. Und zack, eines Tages habe ich was richtig Abartiges gefunden: »Gestern Abend habe ich mich gestreichelt und dabei an dich gedacht.«

Ich habe sie rausgeworfen.

Und seitdem nichts mehr. Es gab schon Frauen, die mit mir geflirtet haben, aber wenn es darum ging, dazu zu stehen, war keine zu haben.

Niemand spricht darüber, wie grausam das ist. Diese Tussis, die dich anheizen und dann ins Leere laufen lassen. Kerle, die ihre Frauen schlagen, finde ich ekelhaft. Aber das ist nicht schlimmer als das andere. Eins zu eins, Gleichstand.

Für mich hat sich alles an dem Tag geändert, als ich auf die Seite der Flirtpiraten gestoßen bin.

Ich habe einen Haufen Tutorials angeschaut, zum Thema »Wie perfektioniere ich mein Game«, »In jeder Situation den richtigen ersten Satz finden«, »Flirten als Teamarbeit«.

Ich sage nicht, dass ich so gut bin wie die Flirtchampions. Die schaffen es, einer Schnalle, die sie gerade erst angesprochen haben, in weniger als zehn Sekunden die Zunge in den Mund zu schieben. Wie sie das anstellen, weiß ich immer noch nicht.

Aber für den Fall, dass ich das Auto einer Frau, die allein ist, abschleppe, habe ich eine Technik entwickelt, die gar nicht schlecht ist.

Erst mal versuche ich nett, freundlich und entspannt zu sein. Sie muss spüren, dass ich ein Typ bin, der sich in seiner Haut wohlfühlt. Dass nichts auf dem Spiel steht. Und ich sie nicht anmache. Zumindest nicht am Anfang. Ich gebe nur vor, der Typ zu sein, der gerne zur Stelle ist und sich nützlich macht. Ich bringe sie zum Reden. Wenn man nett und freundlich und entspannt ist, fangen die Mädels schnell an zu reden. Und irgendwann sage ich immer: »Ach ja! Wir haben alle unsere Probleme, was? Morgen ist zum Beispiel der Geburtstag meiner kleinen Schwester, und ich weiß nicht, was ich ihr schenken soll. Ich vergöttere sie. Sie ist nicht so hübsch wie Sie, aber ein echter Schatz. Sie haben nicht zufällig eine Idee?«

Und das ist meistens ein Volltreffer. Wie in den Games, wenn sich der Energiespeicher des Gegners plötzlich halbiert. Die Frau lächelt, sie findet das süß, dass ich eine kleine Schwester habe, der ich gerne eine Freude machen möchte. Danach muss man die Unterhaltung auf eine sexuelle Ebene lenken:

»Ich weiß nicht, ob ich mich das traue, aber ich weiß, dass viele Frauen heute Sexspielzeuge und so was mögen, die weibliche Lust ist so wichtig, sich selbst kennenzulernen und all das … Fänden Sie das unpassend, wenn Ihr Bruder Ihnen so ein Ding schenkt?«

Wenn die Frau nicht komplett schockiert wirkt, frage ich sie, ob sie auch eins hat, ob sie es oft benutzt und so …

Wenn es verfängt, gehen wir was trinken und landen bei mir oder bei ihr.

Und wenn es so richtig zündet, dann ficke ich sie an Ort und Stelle, in ihrem Auto oder zwischen den Bäumen, wenn es welche gibt. Das ist der Vorteil, wenn man nachts arbeitet. Man kann beinahe überall Sex haben.

Danach erzähle ich den Typen im Forum der Flirtpiraten davon. Wir tauschen uns aus. Darüber, was funktioniert und was nicht. Und auch, wie man die Mädels zum Höhepunkt bringt. Für manche ist das wirklich eine Obsession. Sie so richtig abgehen zu lassen. Bei mir geht es eher um Masse. Darum, den Pokal nach Hause zu holen. An ihren Körper ranzukommen. Der Rest ist irgendwie immer das Gleiche.

Außer an dem einen Abend. Da war es anders.

Meine Schicht hatte gerade erst begonnen. Es muss, ich weiß nicht, 10 oder 11 Uhr gewesen sein, irgendetwas um den Dreh. Es war sogar warm, meine Jeans klebte mir an den Schenkeln. Ich freute mich, als das Telefon läutete, ich hatte Lust herumzufahren. Auf Twitter haben die Jungs und ich es einer Schnalle, die ein bisschen zu viel rumgemotzt hatte, so richtig gegeben. Sie hat beschlossen, ihren Account dichtzumachen.

Manchmal erschöpft es mich, so viel Zeit im Netz zu verbringen. Mit Leuten, die ich im echten Leben noch nie gesehen habe. Manchmal will ich einfach allein sein und durch die Nacht fahren. Und den Leuten aus der Patsche helfen. Das ist es, was ich an meiner Arbeit mag, die Leute freuen sich immer, mich zu sehen. Außer natürlich die, die ich wegen Falschparkens abschleppe, aber die bekomme ich nur selten zu Gesicht. Ich nehme ihr Auto mit, und dann übernehmen der Typ vom Abschleppplatz und die Polizisten.

Dieses Mal hat eine Frau angerufen, die am Telefon eher genervt klang. Benzinpanne. Bei Benzinpannen sind die Leute meistens genervt. Weil sie sich ein bisschen schämen. Ich verstehe sie. Wie kann einem das Benzin ausgehen? Ich sage immer: »Na, das kann mal vorkommen«, wenn ich meinen Kanister auslade, aber insgeheim denke ich: »Tja, man muss schon ein Schwachkopf sein, um das Tanken zu vergessen.«

Der Frau war es gelungen, an einem Rastplatz an der Autobahn zu halten. Ein fetter schwarzer Hummer, den sie vor einem hölzernen Picknicktisch geparkt hatte. Sie war wirklich sexy. Brünett, nicht sehr groß, aber durchtrainiert. Und dunkle Augen, die mich an Tanyas erinnerten.

Ich habe mein nettestes, freundlichstes und entspanntestes Gesicht aufgesetzt.

»Machen Sie sich nichts draus, Sie sind nicht die Erste, der das passiert, auf dieser Strecke kommt das oft vor. Es liegen mehr als fünfzig Kilometer zwischen den beiden

Tankstellen, wenn Sie also kurz vor der ersten auf Reserve fahren, können Sie fast sicher sein, dass Sie es zur nächsten nicht mehr schaffen. Aber Sie waren ja fast da, sie ist nur drei Kilometer entfernt. Ich werde Ihnen zehn Liter geben, das reicht bis dahin.«

»Nein, machen Sie voll, ich habe genug Zeit verloren.«

»Aber ... das ist viel teurer, als wenn Sie bei der nächsten Tankstelle anhalten ...«

»Ist mir egal, machen Sie voll.«

Ihre dunklen Augen glänzten, sie sah aus wie eine dieser großen Raubkatzen im Zoo. Sie sehen immer so aus, als wären sie wütend, eingesperrt zu sein. Man spürt, dass man nur ihren Käfig öffnen müsste, damit sie alle auffressen. Auch sie sah so aus, als wäre sie imstande, alle aufzufressen. Ich hatte so eine Frau noch nie gesehen. Bei den Flirtpiraten hieß es, dass man gleich am Anfang autoritär auftreten muss. Wie bei Kindern und Hunden. Oder eben Raubkatzen. Sonst wird man gefressen, und sie machen mit einem, was sie wollen.

Also sagte ich: »Okay, ich tanke voll, aber bleiben wir doch bitte höflich, ja?«

Sie schaute mich an, als hätte sie mich gerade erst bemerkt. Und ich spürte, dass das der Moment für meinen Einstiegssatz war: »Wir haben alle Probleme, wissen Sie ... Morgen hat zum Beispiel meine kleine Schwester Geburtstag, und ich habe keine Ahnung, was ich ihr schenken soll. Ich vergöttere sie und ...«

Sie unterbrach mich:

»Du willst ficken, ist es das?«

»Ähm, wie bitte?«

»Du hast keine Schwester, du willst einfach nur Sex. Ich habe doch gesehen, wie du mich angeschaut hast. Und die Sache mit der kleinen Schwester stinkt zum Himmel.«

Ich stellte den Kanister ab und schaute so entrüstet wie möglich, aber sie ließ mir keine Zeit, kam auf mich zu und küsste mich. Dann ging es recht schnell, ich stieß sie zu dem Picknicktisch. Ihr Hummer und mein Abschlepplaster schirmten uns ein bisschen von der Autobahn ab. Ich zog ihr Oberteil aus, ihr Körper war der Wahnsinn, ein richtiger Katzenkörper, beweglich und muskulös. Ich hatte den Pokal noch nie so schnell heimgeholt. Und leicht war es meistens dann, wenn die Frau hässlich war. Ich hätte sie am liebsten fotografiert, um sie den Piratenkollegen zu zeigen. Vielleicht später, wenn wir fertig wären. Oder währenddessen, ohne dass sie es merkte ...

Sie zog mir das Hemd aus, schob dann ihre Jogginghose runter und ihren Slip. Es war immer noch warm, aber es wehte ein kühler Wind, ganz so, wie ich es mag. Die Art von Wind, der einem Gewitter vorausgeht. Die Autobahn und die Tonnen von Blech, die darauf vorbeirauschten, waren nur ein paar Meter entfernt. Diese großen Materialverschiebungen haben immer eine sonderbare Wirkung auf mich, weil der Tod nie weit weg ist.

Also legten wir los, sie kniete auf der Bank und hatte Kopf und Arme auf dem Tisch abgestützt, ich nahm sie von hinten, und es war wirklich nicht schlecht, der Picknicktisch quietschte bei jeder unserer Bewegungen, ein leises und regelmäßiges »Quiek Quiek Quiek«, bei jedem Stoß, und ich liebe dieses Geräusch, dieses leise »Quiek Quiek Quiek«, als wäre man einem Eichhörnchen auf den Schwanz getreten, erregt mich höllisch. Ich schloss die Augen, von der Frau war nicht viel zu hören, aber es schien ihr zu gefallen, ich ließ mir Zeit, dachte an nichts, nur an meine Hose an den Knöcheln, die gewaltige Blechlawine ein paar Meter entfernt und das »Quiek Quiek Quiek« des Tisches. Es war wirklich ein schöner Abend, wie ein Geschenk, das einem das Leben manchmal sendet, aus keinem besonderen Grund. Als hätte es beschlossen, nett zu sein, einfach so ...

Und dann habe ich die Augen wieder aufgemacht, und da saß ein paar Meter vor mir eine Alte in einem Rollstuhl, die uns anglotzte. Schockiert wirkte sie nicht, sie schaute uns nur an, während ihr ein paar ganz feine weiße Haare um den Kopf wehten. Sie aß Kirschen, die sie aus einer großen braunen Papiertüte auf ihren Knien fischte. Und nach jeder Kirsche spuckte sie den Kern aus und ihr Mund machte »Pfuuut«. Sie saß direkt unter einer Laterne, deshalb konnte ich sie klar und deutlich sehen. Sie spitzte beim Kauen die Lippen, zog eine Grimasse, und ich konnte sehen, wie die reifen Früchte, bevor sie verschwanden, von ihren großen Vorderzähnen zerbissen wurden, mit rotem Saft verschmierte Dinger, die aussahen wie Baggerschaufeln, die runtersausten und wieder hochfuhren, und gleich darauf noch einmal. Sie starrte zu uns rüber und aß eine Kirsche nach der anderen, so schnell, als ob sie daran ersticken wollte, bis oben hin angefüllt mit Fruchtfleisch und Saft. Und jedes Mal dieses »Pfuuut«, wenn sie den Kern ausspuckte. Manchmal folgte dem Kern ein roter Spuckefaden, landete auf ihrem Kinn und sie fing ihn mit einem ekligen Zungenschlag wieder ein.

Instinktiv wurde ich langsamer, und so auch das »Quiek Quiek Quiek«. Und da sah ich, dass auch die Alte langsamer wurde. Sie aß die Kirschen immer noch schnell, aber nicht so schnell wie vorher. Also fing ich zum Test an zu zählen, und da begriff ich, dass sie bei genau jedem achten »Quiek« ein »Pfuuut« von sich gab. Ich wurde noch langsamer, und sie schien ihre Kirschen mit mehr oder weniger normaler Geschwindigkeit zu essen.

Also wurde ich wieder schneller, um zu sehen, wie schnell sie werden konnte, ich glitt in die Frau rein und wieder raus, schneller und fester. Die Frau hatte nichts bemerkt, sie hielt immer noch den Kopf zwischen den Armen. Ich sah nur ihre Schulterblätter, ihre muskulösen Schultern und ein paar Haarsträhnen, ein wirklich toller Anblick.

Auch die Alte wurde schneller, kam kaum hinterher, aber sie machte es nicht schlecht. »Quiek Quiek Quiek Quiek Quiek Quiek Quiek Quiek« – »Pfuuut« – »Quiek Quiek Quiek Quiek Quiek Quiek Quiek Quiek« – »Pfuuut« – »Quiek Quiek Quiek Quiek Quiek Quiek Quiek Quiek« – »Pfuuut«.

Sie schaffte es nicht mehr, die Früchte ganz zu zerkauen, und spuckte die Kerne daher mit noch Fleisch daran aus; roter Saft floss ihr in Rinnsalen übers Kinn, die sie nicht mehr aufzuhalten versuchte, aber sie hielt das Tempo. Ich war erregter als sonst und musste aufpassen, nicht zu schnell fertig zu werden. Ich bewegte mich schnell und kraftvoll, und die Alte und ich schauten uns an, um zu sehen, wer zuerst aufgab.

Und da tauchte ein Typ auf, vielleicht der Sohn der Alten,

sah uns, packte den Rollstuhl, warf ihn dabei fast um, schob ihn schnell zu einem kleinen blauen Laster und hievte ihn hinein. Ich hörte ein letztes »Pfuuut« und sie fuhren los. Ich kam. Die Frau weiß ich nicht, ich habe nicht darauf geachtet. Sie richtete sich auf, zog ihren Slip und ihre Hose hoch. Ich dachte: Scheiße, ich habe vergessen, ihren Arsch zu fotografieren.

»Wie viel schulde ich dir?«

»Darf ich ein Foto von dir machen?«

»Nein. Wie viel schulde ich dir?«

»Komm schon, lass mich ein Foto von dir machen, und ich gebe dir Rabatt.«

Ich war bereit, 50 Euro für dieses Foto hinzublättern.

»Frag mich das noch einmal, und ich breche dir den Arm. Wie viel schulde ich dir?«

Ich gab auf. Sie bezahlte und fuhr ohne Dank in ihrem Hummer davon. Ich konnte immer noch im Internet nach einem ähnlichen Arsch suchen. Meine Geschichte wäre nicht weniger wahr. Und ich würde bei den Flirtpiraten zur Legende werden.

OLIVIER

»Ich schäme mich für dich, Monica! Wirklich!«

Olivier fährt immer schneller. Die Wut schnürt ihm die Luft ab. Auf der Rückbank des kleinen Lasters zieht Julie erschrocken den Kopf ein. Sie hat ihren Mann noch nie wütend gesehen. Auf dem Beifahrersitz sitzt die alte Frau und schaut nach vorn. Olivier hat sie nie »Oma« oder »Großmutter« genannt. Und bestimmt sieht er in ihr auch nicht seine Großmutter, weil sein Vater sie nicht als die eigene Mutter sieht.

Aber wenn sie für ihn nie die Großmutter war, warum hatte er sich dann verpflichtet gefühlt zu sagen: »Okay, ich kümmere mich drum«, als sein Vater ihn gebeten hatte, »das zu regeln«?

»Das zu regeln« bedeutete, sie in ihrem kleinen Haus tief in den feuchten Wäldern abzuholen und sie ... ja, wohin zu bringen? Er hat nicht den blassesten Schimmer. Alles, was sein Vater ihm gesagt hatte, war, dass die Sozialhilfe angerufen habe, dass der Besitzer des Waldstücks beschlossen habe, einen Paintball-Platz daraus zu machen und das Haus auf dem Grundstück abgerissen werden solle, die Alte aber nie auf die Briefe und Abmahnungsschreiben reagiert habe, das Haus zudem keiner städtebaulichen Vorschrift entspreche, der Räumungsprozess nach »allen

Regeln der Kunst« in Gang gesetzt und entschieden worden sei, dass eine über neunzigjährige Frau ohnehin nicht mehr allein mitten im Wald, sondern in einer Pflegeeinrichtung leben sollte.

Olivier seufzte. Er fragte seinen Vater, warum er nicht einfach die Sozialhilfe machen lasse, und sein Vater antwortete: »Jetzt mach, was ich dir sage! So ist das eben! Verstehst du das nicht? Hm? Kannst du das verstehen, oder denkst du nur an dich?«

Olivier spürte, dass das nicht der Moment für Diskussionen war. Er hatte schon genug Ärger. Er hatte Julie gebeten mitzukommen.

Im Wagen hat Monica kein Wort gesagt, seit sie den Wald verlassen haben. Olivier weiß nicht, ob sie überhaupt noch sprechen kann, ob in diesem fast hundertjährigen Schädel noch ein paar letzte graue Zellen übrig sind.

Eine Stunde zuvor war er am Steuer des kleinen Mietlasters den Waldweg hochgefahren, bis es nicht mehr weiterging, und hatte Julie angewiesen, dort auf ihn zu warten: »Ich komme dich holen, wenn ich Hilfe brauche.« Das letzte Stück zu dem kleinen Haus war er gelaufen, in der rechten Hand einen zusammengeklappten Rollstuhl. Da er nicht wusste, ob Monica noch selbst laufen konnte, hatte er vorgesorgt.

Als er vor dem efeuüberwucherten Haus stand, im schräg einfallenden Licht des frühen Abends, kam ihm ein merkwürdiges Bild in den Sinn. Eine Szene aus *Beethoven*, dem Film, den er als Kind fünfundzwanzigmal gesehen hatte. Eine Familienkomödie mit einem Bernhardiner. Der Vater muss Beethoven zum Tierarzt bringen, um ihn einschläfern zu lassen, und er steht vor dem Hundekäfig, in der Hand das Halsband und die Leine, traurig wie der Regen. Der Hund schaut ihn an, begreift und folgt ihm widerstandslos.

Mit dem zusammengeklappten Rollstuhl unter dem Arm ging Olivier bis zu der hölzernen Tür, klappte ihn auseinander, und bevor er klopfen konnte, öffnete Monica die Tür. Ohne ihn anzusehen, nahm sie im Rollstuhl Platz.

»Guten Tag, Monica, Papa hat mich gebeten, dich ...«, brabbelte er, doch sie schien ihn nicht zu hören. Sie saß mit ihrer kleinen Lederhandtasche auf den Knien einfach nur da, das war alles, als ob jemand sie vorher über sein Kommen informiert hätte.

Er fragte: »Hast du kein Gepäck? Ist das alles, was du mitnimmst?«

Olivier wusste nicht, wie es in Seniorenheimen zuging. Musste man ein eigenes Bett mitbringen? Eine Matratze? Sie musste doch ein paar Dinge besitzen, an denen sie hing, die ihr Gesellschaft leisten würden, Erinnerungsstücke, irgendetwas ...

Er betrachtete sie einen Moment lang, wie sie kerzengerade in ihrem Rollstuhl saß, den Blick ins Leere gerichtet, und ging dann ins Haus. Ein einziger, etwa dreißig Quadratmeter großer Raum, der nach Zimt und Laub roch, der nun von der Sonne und abends wohl vom flackernden Licht der Kerzen in drei mehrarmigen Leuchtern erhellt wurde. Nur ein paar Holzmöbel, eine Vitrine, durch deren

Glas man ein einziges Service aus sechs Tassen, sechs Tellern, sechs Schüsseln und sechs Gläsern sehen konnte. Mitten im Raum hing eine Hängematte an einem Balken. Ein großes Stück rosa Stoff mit Fransen, das so aussah, als sei es in Yucatan mit der Hand geknüpft worden. Olivier dachte: »Ich glaub es nicht, in ihrem Alter schläft sie wirklich darin, die alte Spinnerin«, aber nachdem sein Blick durch das Zimmer geschweift war und kein »normales« Bett ausmachen konnte, schien es bestätigt, dass Monica tatsächlich in der Hängematte schlief.

Er fuhr sich über die Stirn, rieb sich die Augen und bohrte dabei Daumen und Zeigefinger ein wenig hinein, gähnte dann und dachte, dass das gut so sei, dass die Dinge einfacher sein würden, als er befürchtet hatte.

Er ging wieder nach draußen. Monica wartete immer noch im Rollstuhl auf ihn, mit leerem Blick. Er fragte sich, ob Resignation, Schmollen oder eine Form von Demenz der Grund war.

»Ich komme wieder, warte hier«, sagte er.

Er musste pinkeln. Er hatte so lange wie möglich gewartet, weil das Urinieren ihm seit dem Morgen schrecklich wehtat. Als ob ein Magmastrahl aus seinem Harnleiter flösse. Er hatte am frühen Nachmittag eine erste Antibiotikatablette genommen, ohne die Ergebnisse einer Analyse abzuwarten, ihm war überhaupt nicht danach, davon länger als vierundzwanzig Stunden beeinträchtigt zu werden.

Er pinkelte gegen eine Eiche, und wie erwartet entlockte ihm der Schmerz ein Wimmern und sogar ein paar Tränen. Dann stellte er fest, dass er die Packung mit den antibakteriellen Feuchttüchern im Auto gelassen hatte und er somit ärgerlicherweise warten musste, bevor er sich die Hände desinfizieren konnte.

Er ging zurück zu Monica, die sich nicht vom Fleck bewegt hatte, ihn dieses Mal aber anschaute. Mit einem Blick, dem er nicht die kleinste Information entnehmen konnte.

Wie um sich zu rechtfertigen, fragte er: »Hast du die Räumungsbescheide nicht bekommen?«

Sie antwortete nicht, also setzte er an, den Rollstuhl zum Auto zu schieben.

Die schmalen Reifen sanken im Laubteppich ein. Olivier gab Druck auf die Handgelenke, um den Stuhl nach hinten zu kippen und die kleinen Vorderräder anzuheben. Doch selbst auf diese Weise kostete es ihn viel Kraft, Monica zu schieben. Schwitzend, mit vorgebeugtem Oberkörper, setzte er sein ganzes Körpergewicht ein, wobei sein Gesicht nur wenige Zentimeter von ihrem feinen weißen Haar entfernt war, das ebenfalls nach Zimt und Laub roch. In Wirklichkeit roch alles hier nach Verwesung. Olivier musste an die Tausenden Organismen denken, die unter seinen Füßen krabbelten und krochen, die Würmer, Asseln, Milben, Springschwänze, Bakterien, Pilze, und er musste einen Würgereiz unterdrücken. Ihn ärgerte, dass Monica beim Öffnen der Tür auf beiden Beinen gestanden hatte, sie also fähig war, zu laufen und ihm diese Anstrengung zu ersparen, aber er wollte sie nicht fragen.

Schließlich blieb er stehen und rief: »JULIIIE!«

Der Schweiß lief ihm inzwischen den Rücken runter, das gefiel ihm nicht. Er musste sich eingestehen, dass er mit fünfunddreißig die körperliche Verfassung eines asthmatischen Pandas hatte. Er müsste zehn Kilo abnehmen, weniger essen, sich mehr bewegen. Das wusste er. Und er hasste es, dass das Leben ihn daran erinnerte.

Julie tauchte auf. »Guten Tag, Madame!«, begrüßte sie Monica, die sie als Antwort mit einem leeren Blick bedachte.

»Hilf mir, ich schaffe es nicht allein, sie da hochzuschieben«, forderte Olivier sie auf.

Julie drehte der alten Frau den Rücken zu, ging vor dem Rollstuhl in die Hocke, schob ihre Hände unter die Fußstütze. »Eins, zwei, drei.«

Und so half Julie ihm, sie hochzuheben. Genau das mochte Olivier an seiner Frau. Mit ihr war alles einfach. Sie diskutierte nicht, machte kein Aufhebens, stellte keine Fragen. Monica ließ sich wie eine Kaiserin in einer Sänfte tragen, während sie still Abschied von dem Wald nahm, den sie nie wiedersehen würde. Sie hatte mehr als vierzig Jahre darin gelebt. Ihre Seele hatte hier, in diesem grün-braunen Tal, Wurzeln geschlagen. Mit jedem Zentimeter den Hang hinauf wurde ihr ein Stück ihrer selbst herausgerissen. Im Nacken spürte sie den Atem von Olivier, der am Rand eines Herzinfarkts zu stehen schien; er hatte keine Luft mehr zum Sprechen, sein Gesicht war so rot wie der Kamm eines Hahns.

Oben am Hang angekommen, hatte Julie Monica ins Auto geholfen. Sie hatte ihr eine Tüte Kirschen gereicht. »Die haben wir auf dem Weg gekauft, wir dachten, Sie haben vielleicht Hunger.«

Eine Stunde später ist Olivier erneut rot und außer Puste. Aber dieses Mal vor Wut. Was hat sie sich dabei gedacht, diese Leute zu beobachten? Und überhaupt, wer kopuliert denn so auf einer Autobahnraststätte, wo leben die denn? Tat er so was etwa? Und die alte Spinnerin sah dabei noch zu!

»Und hör auf, die Kerne ins Auto zu spucken!«

Seine Hände am Lenkrad zitterten. Hinter ihm erklang Julies Stimme: »Olivier, du solltest nicht so schnell fahren …«

Vor lauter Wut hat er aufs Gaspedal gedrückt und fährt nun schneller als 170 km/h, sodass der Kleinlaster durch die hohe Motordrehzahl vibriert.

»Du hast recht, meine Mohnblume, entschuldige.«

Monica isst weiter gleichgültig ihre Kirschen.

Das Seniorenheim, das Olivier angerufen hat, kann die Alte erst in einer Woche aufnehmen, er hat also zur Überbrückung ein Hotelzimmer reserviert. Bei Julie und ihm ist kein Platz. Und ihr Zuhause ist auch das seiner Eltern, und sein Vater will Monica nicht sehen.

Olivier beginnt sich zu fragen, ob das eine gute Idee ist. Was, wenn sie Dummheiten macht? Die Minibar leerräumt? Ins Bett macht? Wie soll er wissen, wozu sie fähig ist, er kennt sie schließlich nicht. Und das Hotel hat seine Kreditkarte als Kaution hinterlegt. Warum muss er sich um die gute alte Frau kümmern, die er nicht einmal als seine Großmutter anerkennt? Er wird immer wütender auf seinen Vater, der ihm das Ganze eingebrockt hat.

Biologisch gesehen ist Monica die Mutter seines Vaters Roger. Aber sie hat ihn nicht aufgezogen. Alles, was Olivier weiß, ist, dass sie ihn als Sechzehnjährige nach der Geburt abgegeben hat.

Monica tauchte erst Jahre später in Rogers Leben auf, als er Medizin studierte. Das war ein Schock für ihn. Er wusste nichts von seiner Adoption.

Mehr weiß Olivier nicht, außer dass sein Vater sehr unter der Geschichte gelitten hat. Er selbst hat seine Adoptivgroßeltern nie kennengelernt, da sie bei seiner Geburt schon verstorben waren.

»Fahr mich nach Luxemburg.«

Monicas Stimme, rau wie Asphalt. Olivier hätte beinahe geantwortet: »Ach, du kannst ja sprechen?« Stattdessen atmet er tief durch. Am Straßenrand weist ein Schild auf eine Tankstelle in zwei Kilometern hin.

»Nein, ich fahre dich ins Hotel. In ein paar Tagen erwartet dich eine Seniorenresidenz, so haben wir es vorgesehen.«

»Wenn du mich nach Luxemburg fährst, brauche ich kein Hotel, keine Seniorenresidenz, nichts von dem Kram, ich koste dich keinen Heller, du bist mich los. Deinem Vater sagst du einfach, dass ich schon nicht mehr da war, als du zum Haus kamst, dass du keine Ahnung hast, wo ich sein könnte, Ende der Geschichte, alle sind zufrieden. Und ich verspreche dir, dass du nie wieder etwas von mir hören wirst.«

Olivier antwortet nicht.

Hinter den Bäumen taucht die Tankstelle auf. Monica dreht ihr Gesicht Olivier zu und spuckt einen Kirschkern aus, der an seiner Wange abprallt und auf seinem Schoss landet.

»Ah, Scheiße!!! Das ist doch eklig!«

Monica gibt ein röchelndes Lachen von sich, das Lachen einer alten Raucherin.

Olivier setzt den Blinker und nimmt die Ausfahrt.

»Ich hab die Schnauze voll von dir, Monica!«

Er muss pinkeln. Den Kirschkern loswerden. Sich die Wange und die Hände desinfizieren. Alles andere wird er dann sehen. Er könnte sie genauso gut hierlassen, auf dem Parkplatz der Tankstelle. Da sie den Wald ja so mag, kann sie gern dorthin zurückkehren. Soll sie doch zwischen Farnen und Pilzen verrecken. Bei dieser Hitze wird sie wohl nicht erfrieren. Vielleicht würde sie zum Urzustand zurückkehren, halb nackt durch die Wälder streifen und sich von Eicheln und Wurzeln ernähren. Und eines Tages würde sie am Rand eines Sumpfes einschlafen, im Schlamm versinken, und das wäre das Ende. Ihre alte, nutzlose Existenz würde vergehen, und es würde niemanden berühren. Vor allem nicht ihn.

Die Vorstellung gefällt ihm. Und die Aussicht, in einer Stunde im Bett zu liegen, eine ordentliche Dosis Morphinderivat in den Adern. Dann hätte er endlich Ruhe.

Er wirft Julie im Rückspiegel einen Blick zu. Er muss schon wieder pinkeln. In seinem geschwollenen und brennenden Harnleiter ist die Hölle los. Der Schmerz und das Jucken hindern ihn daran, vernünftig zu denken. Er möchte nur nach Hause, ein heißes Bad nehmen, sich mit Schlaftabletten zudröhnen und sich ins Bett kuscheln. Julie schaut ausdruckslos aus dem Fenster, im Anblick des unermesslichen Waldes versunken. Hat sie überhaupt zugehört? Olivier fällt auf, dass sie in letzter Zeit besonders abwesend wirkt. Als ob sie das alles nichts mehr anginge. Vielleicht ist sie endlich schwanger?

JULIE

Ich war mit meinem Mann vorher noch nie zum Höhepunkt gekommen.

Ich liebe ihn. Wirklich.

Aber ich glaube, dass irgendwann etwas aus dem Ruder gelaufen ist.

Wann genau weiß ich nicht mehr.

Da war das Haus meiner Schwiegereltern. Ein rosafarbenes Haus. Daran erinnere ich mich. Es war rosa und roch nach Desinfektionsmitteln. Roger und Marie verströmten den gleichen Geruch. So hießen sie, meine Schwiegereltern. Roger und Marie. Sie hatten eine haarlose Katze namens Géranium. Ihre Haut war grau und faltig, was ich sehr hässlich fand. Aber das konnte ich Olivier nicht sagen. Olivier war Rogers und Maries Sohn.

Roger furzte. In seine beige Hose, die er so hoch zog, dass der Gürtel direkt unter den Rippen saß. Marie und Olivier taten so, als bemerkten sie es nicht, und er furzte mit der entspannten Selbstverständlichkeit eines zweijährigen Kindes. Scheiße. So was kann vorkommen, aber man entschuldigt sich. Man errötet ein wenig, windet sich, erwähnt Darmprobleme, was weiß ich. Aber dieses stille Einverständnis der drei. Schließlich kam es mir so vor, als hätten sie sich gegen mich verschworen. Als gäbe es zwischen Vater, Mutter und Sohn ein unverbrüchliches Bündnis.

Ich habe gekämpft. Wirklich.

Olivier hat mir seine Eltern nicht vorgestellt. Roger und Marie haben mir ihren Sohn vorgestellt. Für gewöhnlich ist es andersherum. Marie habe ich zuerst getroffen. Im Schönheitssalon. Ich epilierte ihren Intimbereich. Komplett. Das ist bei siebzigjährigen Damen recht ungewöhnlich. Aber sie erzählte mir, dass ihr Roger »sexuell noch sehr aktiv« sei und »Ansprüche« habe.

»Vergessen Sie hinten nichts, Roger liebt Anilingus.«

Ihre Offenheit störte mich nicht, ich war es gewohnt, dass die Kundinnen sich mir anvertrauten.

Ich war ihr wohl sympathisch. Beim Zahlen sagte sie stets zu meiner Chefin: »Sie haben großes Glück mit ihr, sie ist ein nettes Mädchen, und so schön reinlich.« Ich kam mir vor wie ein Cockerspaniel, den man zwischen den Ohren kraulte.

Sie erzählte mir von ihrem Sohn Olivier. Ein Gynäkologe, wie sie und Roger. Sie schlug mir vor, an einem Sonntagmittag zu ihnen zum Essen zu kommen. Ich war einsam. Ich war sechsunddreißig und immer noch alleinstehend. Lange Zeit hatte mich das nicht gestört. Meine Kolleginnen im Schönheitssalon sagten zu mir: »Und? Ist da immer noch niemand?« – »Das ist nicht normal, du bist hübsch, du müsstest doch jemanden kennenlernen!« Also, ich weiß nicht, mit der Zeit begann ich, das Single-Dasein als eine Art von Handicap zu betrachten. Als Marie mir von ihrem Sohn vorschwärmte, dachte ich, dass das vielleicht meine Chance war und ich sie nicht verpassen durfte.

Am Sonntag traf ich ein wenig zu früh ein. Ich hatte mein langes beiges Baumwollkleid angezogen, das mit den Knöpfen vorne. Das Haus sah von außen recht hübsch aus, es stand in einer schönen Allee mit Japanischen Kirschbäumen. Der Garten roch nach Jasmin. Meine Wohnung und auch der Schönheitssalon lagen nicht weit weg. Das war praktisch.

Ich klingelte. Roger machte die Tür auf. Bevor er mich begrüßte, rief er Marie im Haus zu: »Oh, du hattest recht, Marie, sie ist wunderschön!«

Er zwinkerte mir zu und bat mich herein. Wir traten in den hellen Eingangsbereich. Dort stand eine riesige, die ganze Wand einnehmende Glasvitrine.

»Das ist meine Spekulum-Sammlung. Hübsch, oder? Schauen Sie, dieses stammt aus der griechisch-römischen Epoche, es ist aus Kupfer und Zinn. Das sind fragile Materialien, manchmal sind sie während der Behandlung einfach zerbrochen, zack, in der Vagina, ha ha! Haben Sie einen guten Gynäkologen?«

Ich wusste nicht, was ich darauf antworten sollte.

Er führte mich ins Wohnzimmer. Marie stellte ein Tablett mit kleinen Portweingläsern auf den Couchtisch.

»Haben Sie gut hergefunden? Wie merkwürdig, Sie hier zu sehen.«

Dann, an ihren Mann gewandt: »Für gewöhnlich hat sie, wenn ich sie sehe, ihre Finger an meiner Vulva, ha ha!«

»Apropos Finger an der Vulva, zeig ihr doch deine Geburtszangensammlung.«

»Ach, ja! Kommen Sie!«

Sie führte mich ins Esszimmer. Auch dort stand eine

riesige Vitrine. Auf den Glasflächen lagen etwa fünfzig Zangen in verschiedenen Formen und Größen.

»Geburtszangen werden seit der Antike verwendet. Aber die Technik wird erst seit etwa hundert Jahren wirklich beherrscht. Vorher wurde oft die Vagina verletzt, sogar der Gebärmutterhals eingerissen. Oder aber der Fötus litt, Gehirnschäden, ausgestochene Augen, solche Sachen … Möchten Sie ein Gläschen Portwein? Olivier müsste bald da sein.«

Roger reichte mir ein Fläschchen mit Desinfektionsgel.

»Darf ich Sie bitten, sich die Hände zu reinigen? Wegen der Keime.«

Vielleicht war das der Moment, als die Dinge aus dem Ruder liefen. Es war mir nur nicht bewusst.

Eine Fliege spazierte über die Armlehne des Sessels mit Blumenmuster, den man mir angeboten hatte. Roger und Marie hatten mir gegenüber Platz genommen, auf dem zum Sessel passenden Sofa. Die Fliege rieb ihre Vorderbeine aneinander, wie ein Chirurg, der sich händereibend darauf vorbereitet, einen Rumpf aufzuschneiden. Ich beobachtete die Fliege, Roger und Marie beobachteten mich. Roger furzte. Ich glaube, ich errötete, schaute aber weiter die Fliege an.

Schweigend warteten wir auf Olivier. Wie lange? Ich weiß es nicht. Aber die Fliege hatte genug Zeit, um ein Männchen zu finden und sich auf der Armlehne mit ihm zu paaren.

Irgendwann fragte Marie: »Julie, während wir warten, wollen wir uns da nicht Ihren Uterus ansehen?«

Und das ebenso beiläufig, als würde sie mir ein Glas Orangensaft anbieten.

Roger setzte noch eins drauf: »Aber ja, was für eine gute Idee!«

»Oliviers Praxis ist gleich nebenan. Ich kann einen Ultraschall machen, nur um sicherzugehen, dass alles in Ordnung ist.«

»Nutz die Gelegenheit, um einen Abstrich zu machen.«

»Oh ja! Kommen Sie, es dauert nur ein paar Minuten.«

Ich sagte: »Das ist sehr freundlich, aber das kann ich nicht annehmen ...«

»Aber nein, es wäre mir eine Freude! Ich bin seit sechs Jahren in Rente und um ehrlich zu sein, es fehlt mir ein wenig.«

Roger schwieg, aber er hatte den Blick eines Kindes vor einem Stand mit Zuckerwatte.

»Und außerdem kennen Sie meine Vulva in- und auswendig, nun bin ich dran, Ihre kennenzulernen! Ha ha!«

Roger stimmte in Maries Lachen ein. Die beiden schienen sich blendend zu verstehen.

»Na gut, einverstanden.«

Ich folgte ihnen in den Flur, an der Vitrine mit der Spekulum-Sammlung vorbei.

Marie wies auf den Untersuchungsstuhl.

»Machen Sie sich frei und nehmen Sie Platz.«

Ich hatte erwartet, dass Roger den Raum verlassen würde, aber er blieb.

Sie wirkten so glücklich.

Ich zog mich aus und setzte mich, wie ich es jedes Jahr seit fast zwanzig Jahren bei meinem Gynäkologen tat.

Mein Körper sendete mir eine Botschaft. So etwas wie: »Hier stimmt etwas nicht, mach die Fliege.«

Aber ich hörte nicht auf ihn. Weil ich Marie und Roger nicht verärgern wollte, weil sie mich für ein nettes Mädchen zu halten schienen und ich es mag, wenn man mich für ein nettes Mädchen hält. Weil sie so glücklich wirkten. Weil ich nicht wollte, dass es zu Spannungen zwischen uns kam. Und weil ich im Wohnzimmer »Na gut, einverstanden« gesagt hatte.

Meine Haut sagte mir, dass sie dort, in diesem Moment, nicht gern nackt war. Ich fühlte jeden Quadratzentimeter Epidermis, der der Luft und den Blicken ausgesetzt war.

Ich spreizte die Beine und stellte meine Füße in die vorgesehenen Stützen. Mein Genital klaffte auf. Wie ein geblendetes Auge bat es inständig darum, es schützend zu schließen. Ich hörte immer noch nicht hin. Ich dachte, dass Marie das Gleiche fühlen musste, wenn sie im Salon auf meiner Liege lag, und sie sich nicht so anstellte.

Marie zog einen Latexhandschuh an.

Bis auf Rogers Atem war es still. Zum ersten Mal nahm ich das Geräusch wahr, das die Luft auf dem Weg an der Nasenscheidewand entlang erzeugte. Ich musste an einen schleimigen Tintenfisch denken.

Marie spreizte mit dem Spekulum meine Scheide, die immer noch schrie.

»Entspannen Sie sich, Julie.«

»Es sieht alles sauber aus.«

Roger hatte sich über ihre Schulter gebeugt und beobachtete alles. Sie sahen aus wie die siamesischen Zwillinge, die ich auf einem Bild im Guinness-Buch der Rekorde gesehen habe. Ein Körper, zwei Köpfe.

Marie sagte wie zu sich selbst: »Keine Polypen, der Hals ist tonisch.«

Dann zog sie das Spekulum heraus und griff nach dem Ultraschallinstrument. Sie gab Gel darauf und führte es in meine Vagina ein. Das Gel war kalt. Ich dachte: »Bei meinem Gynäkologen ist das Gel warm, das ist angenehmer.«

In dem Moment traf Olivier ein. Ich hörte eine Stimme am Eingang zur Praxis, die trällernd »Klopf, klopf« rief.

»Komm rein! Du kommst genau im richtigen Moment!«

Er kam herein. Ein großer, etwas rundlicher Typ, ein jungenhaftes Lächeln, starke Schultern.

»Hallo Mami, hallo Papi!«

Er umarmte seine Eltern.

»Schau dir diesen Traum von einer Gebärmutter an! Sie ist perfekt!«

Er beugte sich zum Bildschirm und betrachtete die schwarzen und bläulichen Formen, die hin und her schwankten.

»Oh ja, wunderschön! Keine Zysten, keine Fibrome ...«

Dann wandte er mir sein Gesicht zu:

»Guten Tag!«

»Olivier, das ist Julie. Julie, Olivier.«

»Sehr erfreut.«

»Roger, möchtest du den Abstrich machen?«

»Ich habe nicht zu fragen gewagt.«

Der kleine Junge streckte die Hände nach seiner Zuckerwatte aus, das Wasser lief ihm sichtlich im Mund zusammen.

»Julie, das stört Sie doch nicht?«

Meine Haut beschwerte sich noch immer, aber ich hörte sie nicht mehr wirklich.

»Ähm … nein, nein …«

Marie zog das Ultraschallgerät heraus.

»Mama, ich habe dir schon so oft gesagt, dass du ein Präservativ über die Sonde ziehen sollst, bevor du sie einführst!«

»Oh, sei ruhig! Ich habe das immer so gemacht, und es gab nie Probleme.«

»Vielleicht hatten deine Patientinnen ja deshalb alle HPV-Viren.«

»Olivier, sprich nicht so mit deiner Mutter.«

Mir wurde kalt.

Roger machte den Abstrich. Es war unangenehm. Wie ein Abstrich eben.

Olivier fragte mich:

»Nehmen Sie Nahrungsergänzungsmittel?«

»Nein.«

»Um einem Mangel auf die Spur zu kommen, machen wir besser eine Blutanalyse.«

Endlich konnte ich mich wieder anziehen.

»Sie sind vielleicht ein Glückspilz, Julie, hm? Man bekommt nicht jeden Tag eine Beratung von drei Spezialisten! Und auch noch kostenlos!«

Danach tischte Marie das Essen auf. Olivier aß. Roger furzte. Einmal traf mein Blick auf Oliviers und er errötete.

In der Woche darauf kam Marie in den Salon.

»Es war eine Freude, Sie bei uns zu haben. Ich glaube,

Sie haben Olivier im Sturm erobert. Sie müssen nächsten Sonntag unbedingt wiederkommen!«

»Ähm, ja, warum nicht?«

»Und, das bleibt unter uns, ich weiß nicht, ob es da einen Zusammenhang gibt, aber nachdem Sie weg waren, war Roger außer Rand und Band. Er wollte unbedingt auf der Untersuchungsliege mit mir schlafen. Aber sagen Sie das bloß nicht Olivier, er wäre außer sich, er nimmt es so genau mit der Hygiene! Ich darf Sonntag also mit Ihnen rechnen?«

»Ja, in Ordnung.«

Der Sonntag kam, ich ging hin. Nach dem Mittagessen schlug Marie Olivier vor, mir seine Wohnung zu zeigen, die über der Praxis lag. Vor der Tür stand ein Fußbecken, wie im Schwimmbad. Olivier bat mich, meine Socken auszuziehen, um meine Füße zu desinfizieren. Die Wohnung war klein, aber funktional, mit großen Fenstern zum Garten. Der Sommer ging zur Neige, die Blätter wurden gelb, in der Luft hing ein Geruch, bei dem ich Lust bekam, Kastanien zu rösten und Brennnesselsuppe zu kochen. Olivier wirkte wie jemand, der geröstete Kastanien und Brennnesselsuppe mögen könnte. Er stand verloren in der Mitte des Wohnzimmers, zwischen dem gläsernen Sofatisch und seinem 105-Zoll-Flachbildschirm, an den eine Xbox und eine Playstation angeschlossen waren. Sein Blick wanderte über den blassgrünen Linoleumboden. Er rieb sich die Hände mit antibakteriellem Gel ein.

Ich musste die Sache in die Hand nehmen.

Ich ging zu ihm und umfasste sein Gesicht. Mit dem Gedanken, dass er die Augen seiner Mutter hatte, küsste ich ihn. Seine Lippen waren ein wenig rissig, seine Haut in der T-Zone fettig. Ich hatte Lust, ihm eine Gesichtsbehandlung zu verpassen.

Ich dachte auch, dass ich endlich einen guten Grund hatte, Joël nicht mehr zu sehen.

Joël führte die Werkstatt direkt neben dem Salon. Ich besaß kein Auto, aber meine Chefin hatte mich eines Tages dort vorbeigeschickt, um ein Versicherungsformular oder so etwas abzugeben. Joël hatte mir zugezwinkert, als er das Formular entgegennahm, und seine vier Kollegen hatten mir anzügliche Blicke zugeworfen. Blicke, die ich nicht mochte. Blicke, die abschätzten, auszogen, das Verhältnis zwischen Taille und Hüfte maßen und das Fortpflanzungspotenzial einschätzten. Blicke, die einen in eine Zuchtstute verwandelten.

Am nächsten Tag kam Joël im Salon vorbei und schlug mir vor, etwas trinken zu gehen. Danach lud er sich zu mir nach Hause ein und schlief mit mir. Nun, »mit mir schlafen« war nicht der richtige Ausdruck. Ich mag keine Obszönitäten, aber wenn ich in Bezug auf Joël ganz ehrlich bin, müsste ich eher sagen, dass er mich gefickt hat. Joëls Augen waren dabei immer geschlossen. Ich wusste genau, dass er dabei an etwas anderes oder jemand anderen dachte. Aber ich muss zugeben, dass ich es schön fand, einen Mann in mir zu spüren. Auch wenn es Joël war und er an jemand anderen dachte. Auch ich fing an, an jemand anderen zu denken. Ich stellte mir meinen Geschichtslehrer aus der Schule vor. Das war besser als nichts. Aber auch wenn ich die Augen schloss, war da immer noch Joëls Geruch. Ich bin sehr sensibel, was Gerüche betrifft. Er roch nach altem Tabak, Motoröl und schmutziger Unterwäsche.

Er stank so sehr, dass ich nach jedem seiner Besuche meine Bettwäsche waschen musste. Manchmal kam er dreimal in der Woche.

Ich hatte bereits vorgehabt, ihm zu sagen, dass ich seine Besuche nicht mehr wollte, dass die Freude, einen Mann in mir zu spüren, zu kurz und zu schwach war, um die Zeit, die mich das Wäschewaschen kostete, aufzuwiegen. Aber die Worte wollten nicht aus meinem Mund kommen. So ähnlich wie bei Marie und Roger, glaube ich. Ich wollte nicht wie jemand wirken, der Nein sagt.

Vielleicht liegt das an meiner großen Schwester. Oder eher an meinem Vater. Als ich klein war, nannte er meine Schwester »Fräulein Nein«, weil sie ein wenig aufmüpfig war. Sie wollte dieses oder jenes nicht essen, sie wollte nicht in die Badewanne, nicht zur Schule … Sie wollte einfach nicht. Also tat ich alles dafür, kein »Fräulein Nein« zu sein. Und es stimmt, dass mein Vater oft sagte: »Wie brav sie ist! Sie ist immer mit allem einverstanden.« Ich verging vor Stolz. Er fing an, mich »Fräulein Ja« zu nennen.

Manchmal, wenn er uns bei Mama abholte, sagte er: »Papa nimmt Fräulein Nein und Fräulein Ja heute mit zum Jahrmarkt!«

Er starb, als ich einundzwanzig war. Meine Schwester habe ich nach der Beerdigung nie wiedergesehen. Manchmal höre ich über meine Mutter etwas von ihr. Sie hat keine Kinder, hat nicht geheiratet. Dafür muss man Ja sagen.

Ich hatte also endlich einen Vorwand, um Joël nicht

mehr zu sehen. Ein Verlobter ist ein legitimer Grund, um eine Affäre zu beenden.

Olivier legte seine Hände auf meine Hüften. Ich dachte, dass diese Hände schon so viele andere Frauen vor mir berührt hatten. Wie viele aus Liebe? Wie viele als Gynäkologe? Wie viele Kinder hatte er auf die Welt geholt? Wollte er welche mit mir? Wollte ich überhaupt welche?

Alle meine Freundinnen hatten Kinder. Ich stellte mir viele Fragen zur Schwangerschaft. Ich fragte mich, wie es sich anfühlte, wenn ein Mensch in einem heranwächst.

Ich merkte wohl, dass ich nicht zum Club gehörte. Dem der echten Frauen. Mutter zu werden musste so etwas sein wie das Ablegen des Pfadfinderschwurs, ein Aufnahmeritual, um in den geschlossenen Kreis der Eingeweihten vorzudringen. Ein Weg, um auf dem Schulhof bei den älteren Schülern stehen zu dürfen.

Ich hatte Lust, mit ihm zu schlafen, hier und jetzt. Warum Zeit verlieren? Aber ich traute mich nicht. Ich hatte Angst, er könnte denken, ich sei kein anständiges Mädchen. Also sagte ich: »Ich glaube, deine Eltern warten mit dem Nachtisch auf uns.«

Wir gingen wieder runter zu Marie und Roger und verspeisten Javanais-Kuchen.

Danach ging die Sache sehr schnell.

Am darauffolgenden Sonntag bat Olivier mich um meine Hand. Er hatte alles vorbereitet, gemeinsam mit seinen Eltern. Marie hatte den Verlobungsring in mein Portweinglas getan. Da es roter Portwein war, bemerkte ich ihn erst am Ende.

Ich sagte: »Oh, da liegt ein Ring in meinem Glas!«

Zuerst glaubte ich, Marie hätte den ihren verloren.

Olivier fragte: »Julie, willst du mich heiraten?«

Marie schaute mich an, als hätte ich gerade im Lotto gewonnen. Sie hatte wirklich die gleichen Augen wie ihr Sohn. Roger furzte.

Ich sagte: »Ja, einverstanden.«

Ich ging zu Joël und teilte ihm mit, dass ich heiraten würde und wir uns nicht mehr sehen könnten. Er fuhr sich mit der Hand durchs Haar und hinterließ dabei eine breite Schmierölspur auf seiner Stirn. Mit dem erloschenen Zigarettenstummel im Mundwinkel sagte er: »Okay«, und verschwand dann im Werkstattgraben, unter einem Renault Espace. Ich sagte: »Nun dann, auf Wiedersehen.«

Er antworte: »Jap.«

Ich fühlte die Blicke seiner vier Kollegen auf meinem Körper und verließ die Werkstatt.

Es war eine schöne Hochzeit. Ich glaube, sie hat einiges gekostet. Marie hat sich um alles gekümmert. Sie gab mir ihr Kleid, das nur ein wenig weiter gemacht werden musste.

Ich zog zu Olivier in seine kleine Wohnung.

Marie hatte zu mir gesagt: »Wenn ihr Kinder habt, ist das praktisch, ich bin dann gleich nebenan, um dir zu helfen.«

Sie ließen nur ein paar Umbauarbeiten durchführen, damit wir drei Schlafzimmer hatten.

»So seid ihr für die ersten beiden gewappnet, dann sehen wir weiter.«

Ich hörte auf, im Salon zu arbeiten. Es war beschlossen worden, es sei nicht mehr nötig, dass ich für ein Gehalt, das die Erschöpfung »nicht wert« sei, wie Olivier meinte, den ganzen Tag auf den Beinen war.

Die Ergebnisse meiner Blutuntersuchung hatten einen Mangel an Vitamin D, Omega-6, Zink, Magnesium, Eisen und einen leicht erhöhten Cholesterinspiegel an den Tag gebracht. Olivier verschrieb mir Präparate, die das ausgleichen sollten. Er gab mir auch Folsäure, um meine zukünftige Schwangerschaft vorzubereiten.

»Du wirst der ideale Bauch sein.«

Jeden Sonntag aßen wir bei Marie und Roger zu Mittag, und jeden Sonntag hatte ich Anrecht auf meine kostenlose Untersuchung.

Sie überwachten den Zustand meiner Gebärmutter, prüften meine Temperaturkurve, notierten die Eisprünge, bestimmten meine fruchtbaren Tage, analysierten mein Blut.

All das stimmte mich traurig. Ich konnte es mir nicht erklären, aber jedes Mal, wenn ich meine Füße in die Bügel stellte, jedes Mal, wenn die Nadel in meine Vene stieß, das Blut in das Röhrchen floss, hatte ich plötzlich einen Kloß im Hals. Ich biss die Zähne zusammen.

Die Traurigkeit wuchs in mir wie Schimmel in einem Topf mit alter Bolognese, der im Kühlschrank vergessen wurde.

Eines Tages entwich mir eine Träne, trotzdem ich mich mit aller Kraft bemühte, sie zurückzuhalten. Oliviers und meine Blicke trafen sich. Er rieb sich die Hände mit Desinfektionsgel ein.

Ich glaube, zu jener Zeit setzte das Erstickungsgefühl ein. Die ständige Anwesenheit von Marie und Roger, von Géranium, der Gestank des Desinfektionsmittels ... Es war Winter, und ich öffnete dennoch weit die Wohnungsfenster. Ich bekam nie genug Luft. Selbst der Wind, der aus dem Garten kam, schien mir tausendmal von Marie und Roger durchgeatmet worden zu sein. Ich konnte Partikel ihrer Lungen darin fühlen. Es war recycelte Luft. Ich wollte aber frische. Vielleicht war das auch der Zeitpunkt, als ich verstand, dass etwas aus dem Ruder lief. Nicht wirklich, natürlich, aber ich begriff, dass ein Teil von mir sich aufgelöst hatte.

Morgens stand ich zeitgleich mit Olivier auf. Sein Wecker klingelte um 7 Uhr, er drehte sich zu mir, klopfte mit seinem Zeigefinger sachte auf meine Stirn und sang: »Klopf, klopf, Fräulein Mohnblume, Zeit aufzuwachen.«

Manchmal, wenn er mit mir schlafen wollte, legte er seine Hand auf meine linke Brust. Immer die linke und immer morgens.

Vorspiel war nicht seine Sache, er bevorzugte Gleitgel. Er legte sich auf mich und schaute hochkonzentriert auf meine Brüste, während er sein Geschlecht zwischen meinen Scheidenwänden vor- und zurückschob. Ich musste an das Wort »Insemination« denken und daran, dass Marie und Roger ganz in der Nähe waren. Ich stellte mir vor, wie sie nur ein paar Meter entfernt vielleicht auch gerade miteinander schliefen. Und das erzeugte Bilder in meinem Kopf, die ich ganz und gar nicht mochte, die aber festklebten wie Kaugummi, der von jemandem mit sehr schlechtem Atem ewig gekaut worden war.

Um 7 Uhr 08 war Olivier fertig und ging duschen.

Ich bereitete das Frühstück vor.

Er aß sein belegtes Brot. Ich meine Pillen.

Dann fuhr er ins Krankenhaus. Ich duschte, wechselte

das Wasser des Fußbads, gab Desinfektionsmittel dazu und öffnete dann die Fenster. Da die Luft immer die gleiche war, legte ich mich wieder hin. Ich zählte die Stunden bis zur Nacht. Manchmal schlief ich wieder ein, dann verging die Zeit schneller. Ich dachte an meine Arbeit im Salon. Der Wachsgeruch fehlte mir.

Ich sah zu, wie die Vorhänge sich im Wind blähten. Sie waren aus schwerem, ockerfarbenem Samt. Die ganze Luft, die durch Maries und Rogers Körper gegangen war, verfing sich darin, wie Plastikabfälle, die sich aufgrund der Strömungen an bestimmten Stellen im Meer sammeln und Kontinente bilden. Ich glaube, das wird »Vortex« genannt. Meine Vorhänge waren der Vortex der Abfälle von Marie und Roger. Im Stoff hingen ganz viele Stückchen von ihnen. Und diese Stückchen waren Augen, die mich beobachteten. Ich sagte zu ihnen, sie sollten sich woanders sammeln, jemand anderen beobachten, aber sie blieben, wo sie waren, auf mich gerichtet. Also sprang ich auf und kratzte sie mit meinen Fingernägeln ab, aber es waren zu viele. Und der Wind brachte immer neue.

Dann begann ich, für Olivier das Mittagessen zuzubereiten. Er kam mittags immer nach Hause.

Brennnesselsuppe schmeckte ihm nicht. Und auch keine gerösteten Kastanien. Stattdessen mochte er gedämpftes Gemüse und Chia-Samen. Mit kaltgepressten Ölen.

Er erzählte mir von seinem Vormittag im Krankenhaus, von den Babys, die in seine Hände geboren worden waren. Manchmal lief etwas schief, aber nur selten.

Anschließend ging er nach unten. Am Nachmittag behandelte er in seiner Praxis.

Für gewöhnlich war das der Moment, wenn Marie zu mir nach oben kam. Gern hätte ich sie gefragt, ob sie mich mit ihren Vorhangaugen nicht schon genug gesehen hatte, aber ich lächelte nur stumm. Wir tranken Tee, dann bekam sie eine Behandlung von mir. Eine Maniküre, eine Pediküre, ein Peeling für einen leuchtenden Teint, eine Entspannungsmassage, eine Enthaarung … Es gab immer etwas zu tun. Und immer etwas zu erzählen. Über ihren Roger, ihre Erinnerungen an ihre Zeit als Gynäkologin, ihre Zangensammlung, ihre Pläne für unsere zukünftigen Kinder …

Schließlich ging sie wieder nach unten und ich kratzte ein paar Augen aus den Vorhängen. Dann legte ich mich wieder hin und versuchte, ein wenig zu schlafen, bevor Olivier nach oben kam.

Nach dem langen Tag musste er, wie er es nannte, »den Kopf freibekommen«, also spielte er Krieg auf seiner Spielkonsole. Ich schaute zu. Es war fast wie ein Film. Um 22 Uhr ging er zu Bett. Er sagte: »Gute Nacht, Fräulein Mohnblume.« Ich legte mich zu ihm, aber da ich keinen Deut Müdigkeit verspürte, schlief ich lange nicht ein.

So verging der Winter.

Im Frühling war ich immer noch nicht schwanger. Meine Blutergebnisse waren einwandfrei, das Haus so steril wie ein OP-Saal, Olivier verstand es einfach nicht. Meine Haut roch nach Desinfektionsgel.

Ich dachte wieder öfter an Joël.

Sechs Monate waren vergangen.

Seine schwarzen Nägel fehlten mir. Sein Atem fehlte mir. Sein Dreck fehlte mir.

Mir wurde bewusst, dass ich, seit ich mit Olivier verheiratet war, nur noch zwischen 7 Uhr und 7 Uhr 08 morgens Sex hatte. Ich sah mein Liebesleben für immer in dieser Zeitspanne festsitzen.

So wie den Desinfektionsgeruch auf meiner Haut.

Dann kam dieser Tag. Ich versuche, mich zu erinnern, in welcher Reihenfolge die Dinge geschehen sind. Ich werde mein Bestes geben. Aber ich bin mir nicht mehr sicher.

Es war ein Dienstag. Daran besteht kein Zweifel.

Oliviers Wecker klingelte. Als er sich zu mir drehte, um mir einen guten Morgen zu wünschen, waren meine Augen bereits geöffnet. Ich schaute auf die vom Wind geblähten Vorhänge.

Er legte seine Hand auf meine linke Brust. Ich hatte keine Lust.

Ich sagte: »Ich habe keine Lust.«

Er sagte: »Aber es ist der richtige Zeitpunkt, du hast deinen Eisprung.«

Also schliefen wir miteinander.

Während er frühstückte, machte ich eine Kerze, dann ging er.

Ich duschte, wechselte das Fußbadwasser, beschimpfte die Augen in den Vorhängen.

Gegen 10 Uhr ging ich nach unten. Roger putzte seine Spekulum-Vitrine im Eingangsflur. Marie wischte die Vortreppe mit Chlorreiniger. Sie sagte zu mir:

»Gehst du raus, Julie?«

»Ja, ich muss an die frische Luft.«

»Ach ja?«

Ich ging durch das Tor hinaus. Entlang der Allee blühten

die Kirschbäume, säumten den Bürgersteig wie dicke rosafarbene Wattekugeln.

Ich trug mein langes beiges Kleid mit der Knopfleiste vorne.

Ich glaube nicht, dass ich darüber nachgedacht noch mich irgendwie vorbereitet hatte. Mein Körper traf die Entscheidung.

Meine Füße trugen mich zu Joëls Werkstatt. Ich ging hinein. Ein großer Raum mit Betonwänden, in dem sieben oder acht Autos darauf warteten, dass man sich um sie kümmerte.

Joël war da, auch seine vier Kollegen. Alle rauchten sie, alle hatten sie dreckige Hände.

Ich knöpfte mein Kleid auf und ließ es auf den schmutzigen Boden gleiten. Ich sagte kein Wort.

Sie verstanden es nicht gleich. Joël wollte mein Kleid aufheben und mich bedecken. Da küsste ich ihn und legte meine Hand auf seinen Hosenschlitz. Da verstand er.

Er führte mich ins Büro und schloss die Tür. Er stank immer noch gleich. Ich sog den Geruch seiner Haut, seiner Haare, seines Geschlechts ein. Seine schwarzen Hände kneteten meine weißen Brüste. Er nahm mich im Stehen, an den Tisch gedrückt, es dauerte nicht lang. Aber dieses Mal ließ er die Augen geöffnet. Als er fertig war, rief ich: »Nächster!« Er lachte. Ein anderer kam herein. Das Büro war von oben bis unten verdreckt, überall stapelten sich die Plastikbecher, in denen Zigarettenstummel in Resten von abgestandenem Bier schwammen. Eine Kolonie weißer Maden ringelte sich auf einer übrig gebliebenen Mahlzeit in einer offenen Plastikschale.

Jeder kam an die Reihe, brav einer nach dem anderen. Sie kamen alle in mir, auf mir, manche zweimal. Ich zählte nicht mit.

Ihre ölverschmierten Finger mit den langen Nägeln gruben sich tief in mich hinein. Ihre vom Tabak gelblich belegten Zungen befeuchteten jeden Quadratzentimeter meines Halses, meiner Brüste, meines Hinterns.

Als ich nach Hause ging, war ich mit Keimen übersät.

Marie polierte das Treppengeländer mit Allzweckreiniger.

Roger badete Géranium.

Ich schlich mich ungesehen vorbei.

Oben angekommen, entfernte ich alle sichtbaren Spuren, wusch mich am ganzen Körper, außer zwischen den Beinen.

Als Olivier nach Hause kam, aßen wir zu Abend, er spielte Krieg auf der Spielkonsole, dann gingen wir ins Bett.

Beim Einschlafen dachte ich an all die Keime, Bakterien, Parasiten, Viren, Mykosen, die sich vielleicht in mir fortpflanzten.

Am nächsten Morgen, nach dem Weckerklingeln, sagte Olivier: »Klopf, klopf, klopf, Fräulein Mohnblume!« und legte seine Hand auf meine linke Brust.

Er schmierte mich mit Gleitgel ein, ich dachte Chlamydien, er drang in mich ein, ich dachte Syphilis, sein Penis glitt durch das Sperma der anderen, ich dachte Gonorrhö, er bewegte sich ein paarmal vor und zurück, ich dachte Hepatitis, mir wurde warm, ich dachte Tripper, meine Vagina spannte sich an, ich dachte Genitalwarzen, die Spannung entlud sich, ich dachte HIV, mein Körper bäumte sich auf, ich schrie, ich kam.

Es war 7 Uhr 04.

RED APPLE

Es ist zu laut hier. Und es gibt zu viele beißende Gerüche. Ich hasse es, im Stehen eingesperrt und angebunden zu sein, mich nicht bewegen zu können. Nicht einmal meinen Kopf, der im Anhänger mit Seilen fixiert ist. Ich habe Durst. Ich will raus hier, rennen.

Als Fohlen habe ich mich frei gefühlt. Meine früheste Erinnerung ist die an eine fette Weide in den Midlands. Bei Mike, einem guten Kerl, der hart arbeitete, damit wir es gut hatten. Über den Augenbrauen, die aussahen wie zwei trockene Heidekrautbüschel, und den von Kälte und Schnaps geröteten Ohren trug er eine Wollkappe. Seine dicke Jacke aus gewachster Baumwolle roch nach Asche, Wacholderschnaps und Schweiß. Durch seine heisere Stimme und seine aufgesprungenen Lippen, die nie lächelten, wirkte er furchterregend, aber in Wirklichkeit war er ein freundlicher und einsamer Mann, der sich mit der Gesellschaft der Pferde begnügte. Und der jedes Mal weinte, wenn er mitansehen musste, wie eines von uns ihn verließ.

Im Frühling trocknete die Sonne die schwere Erde der Heide. Das Gras war süß und saftig. Ich spielte mit den anderen Fohlen, und wenn ich Ruhe brauchte, fand ich die Flanke meiner Mutter und ihr mit warmer Milch gefülltes Euter. Im Herbst verbrachten wir die Nächte im Trockenen, auf der dicken Strohschicht, die Mike täglich auswechselte. Sie lag in einem großen Gemeinschaftsstall, in dem wir frei herumlaufen konnten.

Bei Tagesanbruch öffnete er die Türen zum Gang, der zur Koppel führte und sich durch unsere Hufe, die täglich auf dieselbe Stelle traten, in ein Schlammloch verwandelte. Unsere Hufe sanken in dem klebrigen und kalten Lehm ein, und wir hatten Spaß an dieser fremden Materie.

Jede Jahreszeit brachte andere Empfindungen mit sich, meistens angenehme. Als es kalt wurde, roch Mikes Haus, das an den Stall grenzte, nach Holzfeuer.

Natürlich vermutete ich, dass es nicht ewig so weitergehen würde. Von Zeit zu Zeit kamen Leute, sprachen mit Mike, spazierten über die Weide und zeigten auf eines von uns. Dann legte Mike ihm ein Halfter an und führte es in den Stall. Gesattelt drehte es ein paar Runden auf der Bahn, sprang über ein paar Hindernisse. Manchmal kam es zu uns zurück, manchmal wurde es mitgenommen. Und wir sahen es nie wieder.

Es waren die Älteren, die uns verließen. Wir mussten mindestens drei Sommer alt sein, bevor Mike daran dachte, uns einen Sattel auf den Rücken zu legen. Ich weiß nicht, warum es bei mir anders war. Es geschah in meinem zweiten Sommer. Ein Mann und ein Mädchen kamen auf die Weide, und das Mädchen zeigte auf mich und hüpfte auf ihren langen Beinen auf und ab. Mike schüttelte den Kopf. Meine Mutter spitzte die Ohren. Fast unmerklich begann sie, den Kopf hin und her zu schwenken. Das Mädchen faltete die Hände und sagte etwas zu ihrem Vater. Dieser wandte sich an Mike, der die Stirn runzelte, seine

Mütze abnahm und sich am Schädel kratzte. Erneutes Kopfschütteln. Das Mädchen begann, ein hohes Quieken auszustoßen. Der Vater nahm Mike, der immer noch seine Mütze in den Händen hielt, zur Seite. Meine Mutter beobachtete sie mit geweiteten Nüstern. Aus ihrer Kehle drang ein nervöses, fast lautloses Grollen. Das Mädchen kam auf mich zu. Sie hatte rosige Kinderwangen und große, lebhafte Augen, in denen eine wunderbare Zukunft funkelte, mit morgendlichen Ausritten durch Hohlwege, Streicheleinheiten und vertraulichem Geflüster an verschneiten Sonntagen bei ein paar Ballen lauwarmen Heus. Und in dieser Vorstellung war ich der Held.

Meine Mutter schnaubte und stellte sich zwischen das Mädchen und mich. Mike schüttelte dem Vater die Hand und setzte seine Mütze wieder auf.

Er rief der Kleinen etwas zu, die nicht auf ihn hörte und auf uns zukam. Meine Mutter bäumte sich auf und warf ihre bedrohlichen Hufe durch die Luft.

Die Kleine rannte verängstigt zu ihrem Vater. Sie folgten Mike ins Haus. Der eisige Wind trug feinen Nieselregen über die Heide.

Meine Mutter beruhigte sich und begann wieder zu grasen. Ich setzte mein Spiel mit den anderen fort. Der Nieselregen verwandelte sich in strömenden Regen.

Nach einer Weile rief Mike uns in den Stall. Die ganze Herde trottete ruhig zum Schlammloch, dann auf den Gang, glücklich, ins Trockene zu kommen. Als meine Mutter in die Umzäunung trat, schloss Mike direkt hinter ihr das Gatter. Ich stand noch auf dem Gang. Sie fuhr herum, sah mich an, und wir begriffen. Mike kam mit dem Halfter auf mich zu. Ich wusste nicht, wie ich reagieren sollte, also ließ ich es zu. Meine Mutter wieherte und warf sich mit der Brust gegen das Gatter. Das Mädchen tauchte auf und trat auf mich zu. Der Vater öffnete die Laderampe seines Anhängers.

Mike fuhr mir mit der Hand über die Stirn. Ein paar traurige Worte kamen aus seinem Mund.

Ich schaute zu meiner Mutter, die wütend wieherte und gegen die Tür trat. Auch ich stieß einen Schrei aus. Der Regen und die Panik trübten mir die Sicht. Ich wollte zu ihr, ihren Atem auf meinem Rücken spüren, in die Nähe der Herde, die mich auf die Welt hatte kommen sehen, zu den Alten, den Garstigen und sogar den Zuchthengsten, die mir Angst einjagten.

Mike zog mich sanft in den Anhänger. Ich folgte ihm, während ich weiter hilflos nach meiner Mutter rief.

Die Tür schloss sich und ich verließ den Hof.

Das Mädchen hieß Avril. Sie wohnte mit ihrem Vater in einer alten Wassermühle aus gelbem Stein am Ufer eines kleinen Flusses. Mein Stall war neu und angenehm. Eine große Koppel war angelegt worden, begrenzt von Hecken und Holzzäunen. An den ersten Abenden bestand Avril darauf, bei mir zu schlafen, um mir Gesellschaft zu leisten. Sie sprach mit mir, erzählte mir Geschichten, spielte mir ihre Lieblingsmusik vor. Die Erinnerung an Mike, die anderen Pferde und sogar meine Mutter verblasste allmählich. Avril liebte mich, ich liebte Avril, und das Versprechen, das ich an dem Tag, als sie auf der Weide zu mir kam, in ihren Augen gelesen hatte, wurde wahr. Wegen meines fuchsroten Fells hatte sie mich Red Apple genannt. Wenn sie mir Äpfel brachte, hielt sie sie oft erst an meine Flanke, um die Farben zu vergleichen, und sagte: »Siehst du? Genau gleich.«

Sie kam jeden Morgen, umarmte meinen Hals, legte ihren Kopf an meine Schulter und blieb einen langen Augenblick so stehen. Dann spielten wir auf der Koppel. Sie rannte, ich lief hinter ihr her, kitzelte sie mit meinem weichen Maul im Nacken, dann war sie an der Reihe.

Manchmal sah ihr Vater uns auf den Zaun gestützt zu und lächelte. Er war ganz anders als Mike. Er war kein Mann, der gern im Freien war. Sein Menschengeruch war kaum wahrnehmbar, überdeckt von künstlichen Düften, die ich nicht mochte. Etwas wie Salbei und Pinienrinde. Er hatte ein bisschen Angst vor mir. Avril ermutigte ihn, sich mir zu nähern, mich mit den Fingerspitzen zu streicheln. Ich senkte den Kopf, um ihm zu zeigen, dass er nichts zu befürchten hatte. Manchmal streichelte er mein Stirnhaar an der Stelle zwischen den Ohren, doch nie mehr. Aber er war freundlich und ich glaube, er mochte mich, weil ich seiner Tochter ein Freund war. Ihr einziger Freund. Avril erzählte mir von der Schule und den anderen Kindern, ihren grausamen Spielen, die sie zum Weinen brachten.

Sie holte mich jeden Morgen aus meiner Box, bevor sie zur Schule ging. Ich verbrachte den Tag damit zu grasen, den Stand der Sonne oder die Spaziergänger zu beobachten, die auf dem Sandweg an meiner Weide vorbeikamen. Manchmal waren es auch Pferde mit ihren Reitern, und ich beeilte mich, sie zu begrüßen. Der Kontakt zu meinesgleichen hätte mir gefehlt, wäre Avril nicht gewesen. Wenn sie am späten Nachmittag nach Hause kam, warf sie ihren Schulrucksack in die Ecke, kam zu mir gerannt und wir verbrachten die letzten Stunden des Tages gemeinsam.

Der Winter kam, dann der Frühling und wieder der Sommer. Avril weinte vor Freude bei der Aussicht auf die langen Ferien mit mir, weit weg von der Schule.

Eines Morgens kam sie mit einem Sattel und Zaumzeug. Ich hatte diese Dinge schon an anderen Pferden gesehen, hatte aber nie gedacht, dass sie auch für mich bestimmt sein könnten.

Ich wollte Avril Freude bereiten, mehr als alles andere, also ließ ich zu, dass sie mir das Gebiss ins Maul schob. Der Metallgeschmack war mir zuwider und ich wusste nicht, wohin mit meiner Zunge. Ich öffnete und schloss mehrmals das Maul, kaute auf diesem Ding rum, das mir bereits die Lefzen einriss. Meine Zunge verkeilte sich hinter dem Gebiss, in meiner Kehle. Ich schüttelte den Kopf, um mich zu befreien. In der Zwischenzeit hatte Avril mir den Sattel aufgelegt. Der Gurt schnürte mir den Brustkorb ein, auch das gefiel mir nicht. Das war zu viel Neues auf einmal für mich und mein Blick trübte sich, wie an dem Tag, als man mich von meiner Mutter weggerissen hatte. Avril nahm die Zügel und führte mich auf die Weide. Das Gebiss glitt unter meine Zunge, schlug schmerzhaft gegen meine Zähne. Erneut schüttelte ich den Kopf, dann meinen ganzen Körper, um mich von dem Zeug zu befreien, das mich einengte und fesselte. Avrils Vater stand hinter dem Zaun. Er sagte etwas zu ihr, das ich in meiner Verwirrung nicht verstand, aber ich bemerkte die Sorge in seiner Stimme.

Als Avril sich auf meinen Rücken schwang, glaubte ich

zu stürzen, so sehr brachte sie mich aus dem Gleichgewicht. Sie saß nun schwer im Sattel. Ich ertrug es nicht mehr, weder das Gebiss, das sich unter meine Zunge bohrte, noch den Riemen über meiner Nase, noch den Gurt, der mich am Luftholen hinderte, oder Avrils Gewicht auf meinem Rücken. Ich wehrte mich, bäumte mich auf, schlug aus, und Avrils Körper flog durch die Luft. Ich hörte, wie sie gegen die Umzäunung prallte, dann den Schrei des Vaters. Blind vor Angst, galoppierte ich davon. Meine Beine verfingen sich in den schleifenden Zügeln, das Gebiss schlug wieder gegen meine Zähne und ich bäumte mich noch einmal auf, mit zu viel Schwung. Ich riss mich selbst zu Boden und der Sattelknauf bohrte sich in meine Schultern. Ich rappelte mich trotz der Schmerzen hoch und begriff, dass ich mich besser nicht mehr bewegte. Ich versuchte, Atem zu schöpfen. Dann schaute ich zu Avril. Sie lag reglos am Boden. Ihr Vater brüllte wie von Sinnen. Ganz langsam näherte ich mich. Als er mich sah, stellte er sich zwischen Avril und mich, schreiend und mit den Armen wedelnd, also trottete ich wieder davon.

Als der Krankenwagen kam, dröhnte mir die Sirene in den Ohren. Ich galoppierte ans Ende der Koppel. Es herrschte Aufregung, alle sammelten sich um Avril, hievten sie dann auf eine Liege und fuhren mit ihr davon.

Stille kehrte ein. Ich war allein, immer noch gesattelt und gezäumt, und ich hatte Angst. Meine Zähne taten weh, mein Rücken tat weh, und ich wollte, dass Avril zurückkam.

Am nächsten Tag besuchte mich eine unbekannte Frau. Sie schien Angst vor mir zu haben, aber sie nahm mir Sattel und Zaumzeug ab und ging wieder. Die Tage zogen vorbei und Avril kam nicht zurück.

Eines Abends war im Haus Licht zu sehen. Die Umrisse des Vaters tauchten im Fenster auf. Er schaute mich lange an und verschwand wieder.

Es vergingen weitere Tage. Mir graute vor der dampfenden Heide bei Sonnenaufgang, die mich ein paar Wochen zuvor noch bezaubert hatte. Denn sie kündete einen weiteren Tag in Einsamkeit an. Avril war nicht nur meine Freundin, sie war der Mittelpunkt meiner Welt, der Himmelskörper, um den ich kreiste. Ich glaube, ihrem Vater ging es genauso.

Der Sommer zog sich unendlich in die Länge. Kein einziges Wesen, weder Mensch noch Tier, mit dem ich kommunizieren konnte. Manchmal kam ein Fuchs vorbei, aber er sprach nicht mit mir. Wenn er kurz vor Sonnenaufgang, auf dem Rückweg von der Jagd, vorbeihuschte, rief ich nach ihm, aber er ignorierte mich. Außer einmal, als er mir von Weitem »Schnauze!« zurief, bevor er im Gebüsch verschwand. Das traf mich tief. Ich dachte, dass er eben wild war und ich gezähmt. Er verschmähte mich. Das war ungerecht. Ich hatte mir das nicht ausgesucht. Aber wenn ein Haustier zu sein bedeutete, Avrils Freund zu sein, war ich stolz darauf. Also ignorierte ich ihn ebenso.

Manchmal kamen Pferde oder Spaziergänger vorbei, die mich vom Weg aus grüßten, aber sie gingen schnell vorbei.

Tage wurden zu Wochen, der Herbst kam. Das Gras auf meiner Weide wurde rar. Zum Glück regnete es genug, um die alte Klauenfußbadewanne zu füllen, die mir als Tränke diente. Aber ich hatte Hunger. Die feuchte Erde verwandelte sich nach und nach in Schlamm, wie bei Mike. Nur dass es hier keinen trockenen Ort gab, an den ich mich abends begeben konnte. Meine Hufe standen Tag und Nacht im Matsch.

Eines Morgens kam Avrils Vater. Er warf ein bisschen Heu auf die Koppel. Seine Augen waren voller Tränen und Hass. Er roch nach Alkohol. Nicht so wie Mike. Gefährlicher. Er schaute mich eine Weile an, und ich traute mich nicht an ihn heran. Dann kehrte er ins Haus zurück.

Als es Winter wurde, begannen meine Fesseln zu schmerzen. Über meinen Hufen rissen Wunden auf, wegen des Schlamms. Und ich war mager geworden. Manchmal trug der Wind ein Wiehern aus nördlicher Richtung zu mir. Wenige Kilometer entfernt lebten noch andere Pferde. Sicher wurden sie gut behandelt, auf jeden Fall besser als ich. Ich warf mir vor, nicht über den Zaun gesprungen zu sein, als ich noch die Kraft dazu hatte. Avrils Vater war ein paarmal wiedergekommen, um mir Heu zuzuwerfen, aber seit ein paar Wochen schien er mich vergessen zu haben. Das Haus blieb dunkel. Ich glaube, er war weggegangen.

Eines Morgens schien der Himmel zwischen Schnee und Regen hin- und hergerissen. Und mein Herz zwischen Leben und Tod. Mir war kalt bis auf die Knochen, die unter meiner gespannten Haut hervorstachen. Ich litt mit jeder Faser meines Körpers. Der Hunger wütete in meinem Bauch wie ein Wurm, der sich durch das Innere einer Frucht frisst. Die Wunden an meinen schorfüberzogenen Fesseln machten jede Bewegung unerträglich. Meine Muskeln zitterten unkontrolliert. Ich hatte sicher Fieber. Ich spürte den Tod seit Tagen um mich herumschleichen, und ich hoffte, dass er sich heute endlich entschließen würde, mich mitzunehmen.

Vom kleinen Weg hinter mir riefen Stimmen nach mir. Ich nahm den Geruch zweier Stuten war und eines Mannes und einer Frau. Die Frau schnalzte mit der Zunge. Aber ich hatte nicht mehr die Kraft, den Kopf zu drehen. Sie rief ein paar Minuten lang, dann ritten sie davon. Der Himmel entschied sich für Schnee, und ich dachte, dass ich, wenn der Boden gefror, zumindest trockene Hufe haben würde.

Kurze Zeit später erkannte ich den Geruch der Frau, des Mannes und der Stuten wieder. Dazu den Geruch von frischem Heu. Sie warf einen Armvoll über das Gatter. Mich dorthin zu bewegen war schmerzhaft, aber das war es wert. Ich hinkte zu ihnen, meinte bei jedem Schritt zusammenzubrechen. Ich hatte den Geschmack von echtem Futter vergessen. Ich fraß so schnell, wie meine Zähne es zuließen. Die Frau stieg von ihrer Stute und über den Zaun, in den Händen eine große Decke, die sie mir über den Rücken legte. Als sie mit den Fingern über meine Rippen fuhr, fluchte sie laut.

Dann ging sie zu Avrils Haus. Ich fraß indessen weiter. Das kaum gekaute Heu blähte unangenehm im Magen, aber das war egal.

Aus dem Augenwinkel sah ich, wie die Frau an die Haustür klopfte. Sie wartete einen Moment und ging dann zum Fenster. Die Hände wie Scheuklappen an die Schläfen gelegt, schaute sie durch die Scheibe.

Der Mann beobachtete sie vom Weg aus. Die Stute der Frau streckte ihren Kopf zu mir und stieß ein sehr sanftes Schnauben aus, weißer Dampf drang aus ihren Nüstern.

Die Frau betrat den Stall und kam kurz darauf mit einem Halfter und einem Strick zu uns zurück.

Der Mann runzelte die Stirn: »Was hast du vor?«

»Was glaubst du?«

»Aber du kannst es doch nicht einfach mitnehmen!«

»Und ob ich das kann! Es ist ohnehin niemand da.«

Der Mann seufzte.

»Ich vermute, ich soll den Transporter holen?«

Die Frau lächelte.

»Das vermutest du richtig.«

»Wenn mich jemand fragt, sage ich, dass ich gezwungen wurde.«

Der Mann trabte zu Pferd davon, die Stute der Frau im Schlepptau.

Sie legte mir das Halfter an, auf das mein Name gedruckt war.

»Red Apple? Das passt zu dir. Ich bin Saveria.«

Saveria lebte nicht in der Gegend. Sie machte Ferien bei Freunden, die mich ein paar Wochen bei sich behielten, solange ich für die Reise Kräfte sammeln musste. Dann konnte ich ihr folgen. Ich musste auf ein Schiff und mehrere Stunden im Transporter verbringen, bevor ich endlich mein neues Zuhause sah. Als ich ankam, war es Nacht. Die Gipfel des Gebirgsmassivs zeichneten sich im Mondlicht ab. Neue Düfte stiegen mir in die Nase. Pflanzen, die mir noch unbekannt waren, trockener, harziger als die der Heide. Flechten. Und bröckelnder Granit, wilde Bäche ... Ich spitzte die Ohren, zugleich verängstigt und aufgeregt. Ich wünschte mir, Avril wäre da.

Der Stall lag am Ende des Tals. Als ich aus dem Transporter stieg, wartete Saveria auf mich.

Ich lernte die anderen Pferde kennen und fügte mich in die Herde ein. Nach ein paar Wochen heilten die Wunden an meinen Beinen und ich erlangte mein normales Gewicht wieder. Saveria begann, mit mir zu arbeiten, zuerst an der Longe, um meine Muskeln wiederaufzubauen. Eines Tages setzte sie sich auf meinen Rücken, doch ohne Sattel, denn sie hatte verstanden, dass ich Angst vor ihm hatte. Nach und nach gewöhnte ich mich daran. An sie, ihr Gewicht, dann an das Gebiss und sogar an den Sattel.

Die anderen Reiter spotteten über sie, weil ich so klein war. Sie sagten: »Warum verschwendest du mit diesem Zwerg deine Zeit?« Aber sie ignorierte sie. Und ich auch. Ich liebte es zu springen, ich mochte es, angeschaut zu werden. Und mehr als alles andere liebte ich es, Saveria eine Freude zu bereiten.

Wir nahmen an ersten Turnieren teil. Anfangs schauten die anderen Pferde von oben auf mich herab. Sie lachten, wenn ich vorbeikam, und nannten mich »das Pony«.

Doch als ich den Parcours nahm, verging allen das Lachen. Ich gewann gleich den ersten Wettkampf. Und alle weiteren. Kein Hindernis konnte mir Angst einjagen. Ich war konzentriert und genau. Ich vertraute Saveria. Wenn sie ihr Becken nach vorne schob, damit ich zwischen zwei Hindernissen meine Schritte verlängerte, wusste ich, dass sie mich an die ideale Stelle für den Sprung führte. Ihre Muskeln und meine arbeiteten gemeinsam, als würden sie zum selben Organismus gehören, demselben Gehirn gehorchen. Das ging über Technik oder Anstrengung hinaus. Das war Magie. Und Liebe.

Nach den ersten Landesturnieren kamen die internationalen Grand-Prix-Wettbewerbe. Wir sprangen immer fehlerfrei. Und wir waren die Schnellsten. Weil ich klein und wendig war.

Wir reisten viel, und ich gewöhnte mich ans Fliegen. Jedes Land verströmte einen anderen Geruch: Sand und Gewürze, die Abgase der Motoren und gegartes Fleisch, Orangen und der Ozean.

Die Presse wurde auf uns aufmerksam, wir wurden gefilmt, fotografiert. Saveria gab Autogramme. Plüschtiere nach meinem Abbild wurden verkauft, rote Pferde mit glänzenden bunten Plastikaugen. Die Leute setzten hohe Summen auf uns. Diskussionsrunden mit Fachleuten wurden organisiert. Meine Sprünge wurden in Zeitlupe auf den Bildschirmen gezeigt. Meine kraftvollen Schritte, dieser Huf, den ich in letzter Sekunde hochzog, um die Stange nicht zu berühren, mein Blick und der Saverias, gleichzeitig auf das nächste Hindernis gerichtet – alles wurde analysiert, diskutiert, in Zahlen umgewandelt. Wir wurden zu einem Phänomen, das zahlreiche und unterschiedliche Zuschauer anlockte.

Saveria erlaubte keinem Stallburschen, sich um mich zu kümmern. Sie striegelte mich, kratzte mir die Hufe aus, fütterte mich, machte mich für die Turniere fertig. Wir waren glücklich.

Und dann, eines Tages, als wir wieder auf Reisen waren, stieg mir der vertraute Geruch der Heide in die Nase. Weißdorn, Eberesche, Torfmoos, Ginster. Die karge, schwere

Erde, ausgewaschen vom Regen. Wir fuhren weit nach Norden. Am Abend kamen wir an den Ort, an dem der Grand Prix stattfinden würde. Die Ställe waren wie immer breit und bequem. Sie befanden sich in für den Anlass aufgestellten, riesigen weißen Zelten, in denen etwa zehn Boxen durch Metallgitter abgeteilt waren.

Saveria führte mich hinein und vergewisserte sich, dass ich alles hatte, was ich brauchte. Die anderen Pferde murmelten meinen Namen, aber ich achtete nicht darauf. Ich hatte es mir angewöhnt, nicht mit meinen Konkurrenten zu reden. Ich hatte meine Freunde zu Hause, in den Bergen, und ich hatte Saveria. Als es still wurde, schlief ich ein.

Am nächsten Tag fand ein wichtiger Wettkampf statt. Saveria war angespannt. Ich wusste, dass alles gut gehen würde. Ich war in Form. Die Bahn hatte einen Sandboden und lag im Freien. Meine liebsten Bedingungen. Wir wärmten uns im Paddock auf, bis wir an der Reihe waren. Auf der Tribüne drängten sich die Zuschauer. Kinder riefen meinen Namen, schwenkten Fähnchen mit meinem Foto darauf. Die Sonne stand hoch am Himmel, es war nicht zu warm. Es roch nach Menschenessen.

Der Parcours war für große Pferde ausgelegt. Meine Schritte zu verlängern war zu riskant, also hatte Saveria entschieden, mich im kurzen Galopp zu halten, zwischen jedem Hindernis einen Schritt hinzuzufügen, was uns Zeit kosten, aber Fehlerpunkte vermeiden würde. Wir qualifizierten uns für den nächsten Durchgang und verließen unter Applaus die Bahn. Saveria glitt von meinem Rücken und streichelte meinen schweißnassen Hals. Plötzlich verspürte ich Angst, ohne den Grund dafür ausfindig machen zu können. War es ein Geräusch, ein Geruch? Ich drehte den Kopf in alle Richtungen, aber es gab zu viele Eindrücke. Ein paar Zuschauer kamen zu uns, Saveria gab Autogramme. Doch sie waren nicht die Ursache. Die meisten Fans verhielten sich ruhig und fassten mich nicht an. Sie betrachteten mich nur lächelnd. Saveria führte mich zum Paddock zurück, damit ich mich ein bisschen bewegen konnte. Alles schien normal, und doch spürte ich, wie sich Angst in meinen Adern ausbreitete, meine Muskeln in Spannung versetzte. Die Stimme des Turnierrichters aus den Lautsprechern, das Geplapper der Zuschauermenge, die Hufe der Pferde im Sand des Paddocks. Manchmal der Abwurf einer Stange. Nichts Außergewöhnliches.

Saveria führte mich in den Stall zurück, sattelte, brauste und bürstete mich ab. Und meine Furcht verschwand. Den Rest des Nachmittags beobachtete ich das Kommen und Gehen der Pfleger, Pferde und Reiter, und ich döste ein wenig.

Am Abend kam Saveria wieder, um mir Auslauf zu verschaffen. Sie wusste, dass ich nicht gern lange in der Box stand, also ließ sie mich nach dem Abendessen immer ein paar Schritte am Führseil gehen. Wir verließen den Stall und steuerten ein kleines Wäldchen an, ein paar Hundert Meter entfernt. Sie sprach mit mir. Ihre Stimme klang mal sanft, mal härter. Die Presseartikel, üble Nachrede und Gerüchte. Ich verstand nicht, warum sie diesen Dingen so viel Bedeutung einräumte.

Wir folgten dem von Böschungen gesäumten Sandweg, der in den Wald führte. Der Mond tauchte ihn in weißliches Licht. Unvermittelt, wie eine Ohrfeige, erfasste mich die Angst vom Nachmittag. Ich hob den Kopf. In der Stille der Nacht überlagerten sich die Eindrücke nicht mehr. Ich begriff, woher meine Angst kam. Es war ein Geruch. Eine künstliche Mischung aus Salbei und Pinienrinde. Und Alkohol. Ich erstarrte mit gespitzten Ohren. Er war direkt hinter uns. Saveria schaute mich verständnislos an.

»Was hast du, mein Großer?«

Ein nasales Zischen erklang in der Dunkelheit, wie die Stimme eines Geistes.

»Er gehört mir!«

Saveria fuhr herum. Eine Gestalt tauchte zwischen den Bäumen auf und kam auf uns zu, schwankend, ein betrunkener Mann. Saverias Finger umklammerten das Führseil. Das Mondlicht fiel auf Avrils Vater. Er hatte sich verändert, seine Gesichtszüge waren gröber geworden, etwas Bösartiges ging von ihm aus. Er zeigte auf mich.

»Das ist mein Pferd. Er gehört mir.«

Saveria legte reflexartig ihre Handfläche an meinen Kopf.

»Monsieur, ich glaube, Sie haben zu viel getrunken. Sie sollten besser nach Hause gehen.«

Sie hatte mit fester und sicherer Stimme gesprochen, aber ich spürte, wie ihre Hand am Seil zitterte.

»Das ist mein Pferd, ich habe Papiere, die das beweisen. Sie werden ihn mir zurückgeben.«

Saverias Zittern veränderte sich. Aus ihrer Angst wurde Zorn.

»Sie? Sie sind das? Wie können Sie es wagen?«

Sie machte einen Satz auf ihn zu, hob den Arm Richtung Mond und ohrfeigte ihn. Der Mann fasste sich überrascht an die Wange. Dann schaute er mich an. Ich sah, wie es in seinen Augen loderte, mit der gleichen Mischung aus Schmerz und Hass, als er mir ein paar Handvoll Heu auf die Koppel geworfen hatte, Jahre zuvor.

Er drehte sich zu Saveria, packte sie an den Haaren und riss sie zu Boden. Durch diese Bewegung und den Alkohol aus dem Gleichgewicht gebracht, schwankte er einen Moment und fand dann wieder Halt. Ich roch Saverias Angst. Er kam auf mich zu. Ich war ganz ruhig. Das war etwas anderes als die Situation mit Avril. Mein Blick trübte sich nicht. Ich wusste genau, was ich tat. Niemand würde mich von Saveria trennen.

Ich stellte meine Hinterbeine weit auseinander und bäumte mich auf. Auch wenn ich klein war, so überragte ich ihn auf diese Weise doch um mehrere Köpfe, meine Hufe waren auf der Höhe seines Gesichts. Er schaute entsetzt. Das hatte ich gewollt. Dass er Angst bekam und verschwand. Uns für immer in Ruhe ließ. Mit bleichem Gesicht und fiebrigen, tiefliegenden Augen zog er einen Gegenstand aus der Tasche, ein glänzendes Ding. Ein lauter Knall hallte durch den Wald und bis zu den Ställen. Vögel stoben aus den Bäumen auf. Etwas knallte gegen meine Brust. Saveria schrie. Ich warf einen Huf nach vorn. Er traf den Mann am Kopf, unterhalb des Kinns, und der Schlag schleuderte ihn nach hinten. Ich warf mich auf den Körper, um ihn zu zertrampeln. Meine Brust tat weh, und ich fühlte warmes Blut mein Bein hinabrinnen, aber es war das Blut des Mannes, das mich interessierte. Ich wollte ihn ausweiden und ihm nehmen, was ihm ermöglichte, eine Gefahr für mich zu sein. Und für Saveria.

Sie schaute mich an. Ich weiß nicht, ob sie unter Schock stand, oder ob sie bewusst entschied, mich machen zu lassen. Als ich nach ein paar Minuten aufhörte, war von dem Mann nur noch eine unförmige Masse aus Kleidern, Fleisch und Knochen übrig. Der Salbeiduft war verschwunden, überdeckt von dem des Blutes.

Ich wurde geheilt. Die Kugel wurde herausoperiert. Ich brauchte Zeit und eine Rehabilitation. Saveria und ich fuhren wieder auf Turniere. Wir fanden zu unserer Leistung zurück. Aber etwas hatte sich verändert. Sie hat weitere Pferde gekauft und trainiert sie. Und sie hat einen Pfleger für mich eingestellt. Er ist nett, aber es ist nicht das Gleiche.

Manchmal werde ich nachts vom Geruch des Blutes wach. Und dem Gefühl zähklebrigen Fleisches an meinen Hufen. Und weit zurückliegenden Erinnerungen. An die Glockenblumen auf den Mauern, die die Heide durchzogen. Das Glockenspiel der Kirche, wenn der Wind von Osten wehte. Das saftige, leicht salzige Frühlingsgras. Und das Versprechen in Avrils Augen.

ANTOINE

Als der See zum ersten Mal mit mir sprach, rannte ich. In diesem Jahr war es in den Bergen früh Herbst geworden. Ich war sieben, und die Erwachsenen sagten »der Sommer geht«, »der Frühling kommt«, also glaubte ich, Jahreszeiten seien Menschen. Zauberer oder magische Kreaturen, die hier für einige Zeit lebten und dann weiterzogen. So mächtige Wesen, dass sie ihre Wärme und ihren Schnee mitnahmen. Ich verstand nicht, warum man den Sommer nicht bat, für immer zu bleiben.

Ich rannte den Hang des Bösenhorns hoch. Die Dorfkinder verfolgten mich mit dem Wolfskopf. Stan war einer von den Großen, zehn Jahre alt. Normalerweise entfernte er sich nicht so weit vom Dorf. Deshalb kam ich hierher zum Spielen. Die anderen blieben in der Schlucht von Piz Cal. Aber an dem Tag waren sie bis zum Bösenhorn gekommen, zum See. Ich hatte sie nicht kommen hören. Vielleicht waren sie mir gefolgt. Ich hatte den Wolfskadaver betrachtet. Er musste langsam gestorben sein. Sicher hatte er sich in der Nacht weitergeschleppt, tödlich verwundet von Hirtenhunden. Ich fragte mich, ob er verstanden hatte, dass er sterben würde, und versucht hatte, einen schönen Ort dafür zu finden. Das Seeufer. Ich verstand ihn. Es war der schönste Ort, den ich kannte. Die Berge ringsherum schienen sich hier verabredet zu haben, sie hatten sich um die Wasserfläche gruppiert, die zwischen milchigem Smaragdgrün und kompaktem Schwarz changierte. Als würden die Felsen einen geheimen Schatz bewachen. Vielleicht hatte der See sie hier versammelt. Ich hatte das Gefühl, dass er lebte und über eine Macht verfügte, die für ein einfaches Menschenhirn nicht zu fassen war.

Der Wolf wollte an diesem Ufer seinen letzten Seufzer tun. Wahrscheinlich wusste er, dass Sterben an diesem See nicht wirklich Sterben bedeutete.

Er war ein wunderschönes Tier, riesig, das Fell grau und weiß wie der Fels an den Bergspitzen, dort, wo nichts mehr wächst. Seine offenen gelben Augen waren auf den See gerichtet, den er nicht mehr hatte erreichen können. Vielleicht war seine Seele durch seine Augen entwichen und das schwarze Wasser hatte sie aufgenommen, sodass sie nun ein Teil davon war. Seine Pupillen und sein offenes Maul waren bereits mit Fliegen übersät. Ich wedelte sie mit der Hand weg, aber sie kamen wieder. Ich wusste, dass der Wald seinen Leib fressen würde, so ist es immer. Ich würde ihn am nächsten Tag wieder besuchen und vielleicht am übernächsten, ihm dann aber nicht mehr zu nahe kommen, wegen des Geruchs. Ich kam ja schließlich an diese Stelle, weil es hier so gut roch. Aber noch wollte ich ihn ein wenig beschützen. Bei ihm bleiben. Über ihn wachen. Als meine Mutter gestorben war, hatte die Familie das ein paar Tage lang getan. Über sie gewacht. Sie brauchte Gesellschaft. Ich hatte nicht verstanden, warum wir bei ihr blieben, warum die ganze Familie gekommen war, um sie in ihrem Zimmer zu sehen, nur um sie danach in einen Sarg zu legen und zu begraben. Aber später verstand ich es. Der Sarg verbarg den Geruch.

Über all das dachte ich nach, während ich den Wolf betrachtete, und vielleicht sprach ich sogar mit ihm, auf jeden Fall hörte ich die anderen nicht kommen.

»Ein Wolf!«

Sie waren zu dritt. In Windeseile hatten sie den Kadaver umringt. Mich schienen sie nicht zu sehen, als ob ich nicht da wäre.

»Hast du den gesehen?«

»Woran ist er gestorben, was meinst du?«

Stan beugte sich über das Tier. Er war groß für sein Alter. Und stark. Die Erwachsenen mochten ihn, weil er hübsch war und charmant. Man ließ ihm die größten Dummheiten durchgehen, nur wegen seines Blicks, in dem zu lesen war: »Ich weiß, dass das falsch ist, Madame, aber ich bin es doch, Stan!«

Er stand über dem Gesetz. So war es eben. Es gab die Normalsterblichen und es gab Stan. Er ließ keine Gelegenheit aus, jeden zu verraten, der die Regeln brach, aber die Regeln galten nicht für ihn. Und im Dorf von Tinrü hatte nie jemand daran gedacht, diesen Zustand infrage zu stellen. Er stammte aus einer Hirtenfamilie, die ihre Weiden am Nordhang vom Pärtangrat verkauft hatte, als dort eine Skistation gebaut wurde.

Hier würde es nie eine Skistation geben. Sie hatten es vor langer Zeit versucht. Am Nordhang vom Bösenhorn, oberhalb von Tinrü. Sie hatten eine Straße gebaut, die im Dorf begann. Diese hatte es ermöglicht, das Baumaterial für die Skilifte und ein erstes Restauranthotel in die Berge zu befördern. Aber oben war es nicht so gelaufen wie geplant. Mehrere Bauarbeiter kamen bei Unfällen ums Leben. Im Tal entstand das Gerücht, das Projekt sei verflucht. Ein Wesen suche die Gipfel heim und verschlinge diejenigen, die sich in sein Territorium wagten. Je sturer der Bauunternehmer sein Vorhaben verfolgte, desto mehr Tote gab es. Die Anlage wurde am Tag nach der Einweihung endgültig dichtgemacht, nachdem sich eine Seilbahnkabine vom Kabel gelöst hatte und alle vier Insassen in den Tod gestürzt waren. Die Ortsverwaltung hatte die wenigen Konstruktionen, die errichtet worden waren, nie abgebaut. Am Ende der Straße standen immer noch die Überreste der Geisterstation, die Kabel und Kabinen wurden von der Vegetation verschlungen. Das Gipfelrestaurant verfiel zur Ruine. Hierhin verschlug es niemanden mehr. Der am anderen Hang vom Bösenhorn gelegene See hat wieder seine Ruhe.

Er mag keine Eindringlinge.

Er hat es mir gesagt. An dem Tag, als er mit mir zu sprechen begann.

Stan fing an, gegen den Wolf zu treten. Die beiden anderen taten es ihm gleich. Karl und Fabio. In seinen Bauch, in seine Schnauze. Dann rief Stan: »Hey! Und wenn wir ihm den Kopf abschneiden?«

Die anderen schienen damit einverstanden, also holte Stan ein Taschenmesser hervor und machte sich daran, dem Wolf die Kehle durchzuschneiden. Ich weiß nicht, warum ich geblieben bin, um zuzuschauen ... Er war schon tot, aber mir kam es vor, als töteten sie ihn noch einmal.

Der Wolf war mein Freund, auch wenn ich ihn lebend nicht gekannt und erst kurze Zeit hier bei ihm gesessen hatte – es gibt Freundschaften, die existieren einfach, die müssen nicht erst langsam entstehen und gepflegt werden.

Der Wolf war mein Freund und die anderen taten ihm weh, aber ich sagte nichts, weil sie viel stärker waren als ich und vergessen zu haben schienen, dass es mich gab, so beschäftigt waren sie mit dem Kopfabschneiden. Ich blieb und schaute. Ich dachte, wenn sie fertig sind, würden sie wieder gehen und ich könnte etwas für meinen Freund tun. Ich schaute auf den See, dessen blendende Fläche ich durch die Bäume erahnte. Die Sonne glitzerte am Himmel, und wenn nicht der kalte Wind gewesen wäre, der in meine nackten Arme stach, hätte ich geglaubt, der Sommer wäre zurückgekommen. Als hätte er seine Meinung geändert, den Herbst verjagt und sich für ein paar weitere Monate hier niedergelassen. Oder für immer. Ich fragte mich, ob die gelben Blätter wieder grün werden würden.

»He, Antoine!«

Ich blickte zu Stan.

»Pass auf, er wird dich fressen!«

Stans Hände, Arme und sein Sweatshirt waren von dem Blut gesprenkelt, das immer noch aus dem Wolfskopf rann. Er hielt ihn an den Ohren fest und reckte ihn in meine Richtung. Die gelben Augen schauten mich an, als wären sie wieder zum Leben erwacht.

»Was, hast du etwa Angst?«

Wenn ich wegrannte, das wusste ich, würde ich das Signal zu einer Verfolgungsjagd geben.

Stan machte einen Schritt auf mich zu und mit ihm der blutige Kopf.

Kurz darauf rannte ich, so schnell ich konnte, mit vor Panik zugeschnürter Kehle, die drei anderen hinter mir her. Ich hatte keine Chance, wir waren weit weg von Tinrü, und ich lief in die entgegengesetzte Richtung, direkt auf den See zu. Ich wusste nicht, was sie mit mir machen würden, wenn sie mich einholten, aber ich war mir sicher, dass es schlimmer sein würde als alles, was ich mir vorstellen konnte. Ich schwenkte nach links, um nicht an den Rand der Felsen zu kommen, die steil zur silbernen Fläche des Sees abfielen, aber sie hatten sich verteilt. Genau dorthin wollten sie mich treiben. Blind vor Angst rannte ich weiter.

An der Spitze des Steilhangs blieb ich stehen. Die anderen waren direkt hinter mir. Ich blickte auf den Wolfskopf, den blutbefleckten Stan und gab ein sonderbares Geräusch von mir, einen Schrei oder ein Klagen, etwas, das ich noch nie gehört hatte. Dann spürte ich Wärme zwischen meinen Beinen, die abkühlte, während sie meine Schenkel hinunterlief.

Stan und die anderen lachten.

Ich dachte nicht nach. Ich meine, ich traf keine Entscheidung. Meine Füße stießen sich einfach ab. Ich erinnere mich nicht an den Fall. Von Weitem sah es bestimmt schön aus. Der Körper des schmächtigen Jungen, der eine Sekunde lang im Raum zwischen dem weißen Himmel, dem spiegelglatten Wasser und dem flechtenübersäten grauen Fels schwebte. Und dann ein paar Wellen, ausgelöst von der reglosen Masse, die von dem eisigen Monster verschlungen wurde.

Da sprach er zum ersten Mal mit mir. Er sagte, dass ich nun ihm gehöre. Seine Stimme war furchterregend, aber sanft. Eine tiefe, mächtige Stimme, die unter dem Felsen hervor, aus dem Bauch der Welt kam.

Er sagte, dass ich ihm gehöre und alles nach seinem Willen geschehen müsse. Dass er mich so lange beschützen würde, wie ich bereit wäre, ihm zu gehorchen. Dass er mir nun etwas nehmen würde, ich danach aber stärker wäre. Ich wäre das Werkzeug seines Willens, die durch seine Macht gestählte Hand, mit der er sein Gesetz in der Welt der Menschen geltend machen würde.

Das dunkle Wasser, kalt wie der Tod, umhüllte mich, erinnerte mich an meine Mutter, die Angst fiel von mir ab, ich gehörte zu etwas, das größer war als ich selbst, größer als die Welt da draußen, also fürchtete ich mich nicht mehr. Ich spürte den Aufprall, mein Körper drehte sich wie in Zeitlupe, dann spuckte mich das Monster wieder aus, zurück an die Oberfläche. Die eiskalte Luft drang in meine Lunge, während meine Arme sich bewegten, um meinen Kopf über Wasser zu halten. Oder eher ein Arm. Nur der rechte reagierte. Der linke hing leblos an mir herab. Mit Hilfe meiner Beine schwamm ich zu dem kleinen Strand, an die Stelle, wo der Felsen aufhörte. An die Stelle, die ich hatte erreichen wollen, als die Jungen mich verfolgten. Ich hoffte, dass sie dort nicht auf mich warteten. Das Eiswasser schnürte mir die Luft ab, ich atmete zu schnell, meine Lunge schien winzig. Aber ich schwamm, so gut ich konnte, weiter, indem ich meine Füße so benutzte, wie meine Mutter es mir beigebracht hatte. Bald erreichte ich die Gestade. Kleine hellgraue Kiesel unter meinen Knien. Etwas Warmes an meiner linken Hand. Blut, das in langen Rinnsalen in das anthrazitgraue Wasser floss. Der See stieß ein raues Grollen aus, als ob er verdaute, vielleicht war es aber auch ein Dank: »Ich werde dir nun etwas nehmen und danach wirst du stärker sein.«

Ich stand auf und begann, den flachen Hang des Bösenhorns hochzusteigen. Mein Arm tat nicht weh. Ich fühlte nichts. Meine nassen Kleider waren zentnerschwer. Ich rechnete die Distanz zum Dorf aus, indem ich die Schritte zählte. Jeder Schritt war ein Wochentag: »Montag, Dienstag, Mittwoch, Donnerstag, Freitag, Samstag, dann kommt der Sonntag, und die Woche beginnt von Neuem.«

Auf dem Sandweg, der das Bösenhorn hochführte, lauschte ich immer wieder, ob Stan und die beiden anderen nicht in der Nähe waren. Aber es war nichts zu hören, außer dem vertrauten Plätschern eines Baches, dem Wind in den Wipfeln, dem Piepsen zweier Alpendohlen. Der Stimme des Sees. Ich wusste, dass sie mich nicht mehr verlassen würde. Dass mein Leben von nun an einfach wäre. Ich musste der Stimme nur gehorchen. Sie wäre meine Mutter. Die Wahrheit, der Ursprung und das Ende der Welt lagen dort, im Bauch des Bösenhorns. Und sie hatte mich auserwählt.

Der See gab nicht sofort Befehle. Ich nehme an, dass er mir Zeit zum Wachsen lassen wollte. Anfangs sandte er mir eher tröstliche Nachrichten, als ich wegen meines Arms im Krankenhaus war. Wenn ich mitten in der Nacht zitterte, wusste ich, dass es an ihm lag. Ich stellte mir die schwarze Fläche vor, die nur ein paar Kilometer entfernt im Mondlicht lag, zerknittert von den Vibrationen aus dem

Bauch des Bösenhorns, und wusste, dass ich nicht allein war.

Später forderte er Opfergaben. Am Anfang waren es ganz kleine, einfache Dinge. Murmeln, ein Sandwich, einen Stoffbären … Doch über die Jahre forderte er Gegenstände, die immer schwerer zu beschaffen waren: Schmuckstücke, Autoschlüssel, kleine Tiere. Ich stahl sie dort, wo er mich hinführte, und warf sie ihm vom Felsen aus zu, von der Stelle, an der ich am besagten Tag gesprungen war. Ich teilte ihm mit, dass ich bereit für eine größere Aufgabe sei, dass ich nun ein Mann sei.

Als ich achtzehn wurde, dachte mein Vater, dass es gut für mich wäre zu arbeiten. Also fand er eine Stelle als Stallbursche in einem Reitstall weiter unten im Tal für mich. Der von Saveria Jochen-Sigwald. Der erfolgreichen Springreiterin. Sie ist freundlich. Oft spricht sie nicht mit mir, aber wenn wir uns über den Weg laufen, grüßt sie mich immer. Eine anständige Frau. Letzten Monat hat sie mich gefragt, ob ich die ganze Mannschaft zu einem Turnier in La Haye begleiten würde. Es fehle ihnen ein Pfleger und sie hätten an mich gedacht. Das war wohl so eine Art Beförderung. Ich dachte, dass mein Vater sich bestimmt freuen würde, also sagte ich zu. Es war wichtig, dass ich meinem Vater gefiel. Er hatte zu mir gesagt, dass er mich bei der nächsten »Dummheit« vor die Tür setzen würde. Ich will keinen Ärger. Ich will nicht von zu Hause weg. Weg vom Bösenhorn.

Saveria Jochen-Sigwalds Name ist eng verbunden mit dem ihres Pferdes Red Apple, ein kleines fuchsrotes Quarter Horse. Böse Zungen behaupten, dass sie nur eine mittelmäßige Reiterin und der einzige Champion dieses Duos Red Apple sei. Dass sie ihre olympische Medaille ohne ihn nie gewonnen hätte, nichts wert sei ohne das außergewöhnliche kleine Pferd mit dem lebhaften, stolzen Temperament. Doch außer ihr hatte am Anfang wegen seiner geringen Größe niemand auf ihn gesetzt. Aber er hatte eine Gabe, er flog regelrecht über die Hindernisse. Er hatte in fünf Jahren auf internationalen Turnieren nicht eine einzige Stange gerissen. Red Apple war eine Legende. Und er war freundlich. Wie Saveria Jochen-Sigwald.

Eines Nachmittags hatte ich eine Art Tagtraum, in dem der See mit mir sprach. Ich war auf der Koppel in La Haye, schaute zu, wie Saveria und Red Apple sich vor ihrem Durchgang aufwärmten, und die Vibration erfasste mich so heftig, als würde ich am Hang des Bösenhorns stehen. Er sagte zu mir: »Das ist es, was ich will. Das Pferd. Du bringst es in der Nacht auf den Felsen. Du wirst Benzin über sein Fell gießen. Dann wirst du auf seinen Rücken steigen. Und ein Streichholz anzünden. Es wird in den Flammen tanzen. Ich will sehen, wie das Orange des Feuers das Schwarz des Felsens erleuchtet. Ich will das Wiehern des Pferdes hören und sehen, wie eure Augen schmelzen. Es wird sich aufbäumen und dann springen, wie du gesprungen bist; eure glühenden Gestalten in der Nacht, die Ausdehnung der Zeit, der Geruch eurer verkohlten Haut, eure Körper, die in meinen eintauchen und untergehen. Ich werde euch in der Tiefe, wo kein Sonnenlicht hinkommt, empfangen und du wirst keine Angst mehr haben. Ich werde dich eng an mich halten. Und das Pferd auch. Ihr werdet ein Teil von mir, und wir werden einen neuen Auserwählten finden, um zu bekommen, was wir wollen.«

Als ich Red Apple in den Transporter führe, folgt er mir sanftmütig und vertrauensvoll. Die anderen feiern am Strand, man hat mich gebeten, bei den Pferden zu bleiben. Ich habe einen kleinen Anhänger und ein normales Auto ausgewählt, das ist weniger auffällig als der große Transporter. Ich muss schnell sein, bis Sonnenaufgang durchfahren. Wenn alles läuft wie geplant, werden sie das Verschwinden des Pferdes erst nach dem Aufwachen bemerken.

Wenn über dem Bösenhorn die Sonne aufgeht, wird alles vorbei sein.

VICTOIRE

Victoire war mit dem kleinen SUV, den sie gemietet hatte, zufrieden. Das immer noch neu riechende Fahrzeug lag gut auf der Straße. Sie fühlte sich sicher. Sie nahm eine Flasche Rohmilch aus der Kühlbox auf dem Beifahrersitz. Mit großen Schlucken versuchte sie, die Albtraumbilder der letzten Nacht zu vertreiben. Wie so oft hatte sie von Delphinen geträumt. Victoire hasste Delphine. Mit einem tief sitzenden, grimmigen Hass, von dem sie mitten in der Nacht aufwachte, mit großem Durst, einem Gefühl von Übelkeit und dem einzigen Gedanken, dass diese verdammten Meeressäuger und sie denselben Planeten teilten. Sie sah sie vor sich, wie sie mit ihrem dämlichen Grinsen die Wellen durchschnitten, immer in der Gruppe, als würden sie eine Art Club bilden, wie sie mit lächerlichem Gekecker aus dem Wasser sprangen, völlig idiotisch, und stürzte dann jedes Mal ins Bad, um sich zu übergeben. Dann ging sie in die Küche, öffnete den Kühlschrank und trank Milch direkt aus der Flasche. Die fettige Flüssigkeit verschaffte ihr ein wenig Erleichterung. Sie kaufte nie pasteurisierte Vollmilch, die schmeckte ihr zu sehr nach Wasser. Sie ertrug Wasser nicht mehr. Sie hatte schon seit Jahren keines getrunken. Nur Milch, zwei Liter am Tag. Rohe Vollmilch.

Seit sie in einem Artikel gelesen hatte, dass Wasser ein Gedächtnis hat, könnte sie sich allein beim Gedanken, mit Molekülen in Kontakt zu kommen, die irgendwann die graue und schleimige Haut eines Delphins berührt haben könnten, vor einen Laster werfen. Zur täglichen Wäsche rieb sie ihren ganzen Körper mit feuchten Kosmetiktüchern ab. Sie hatte sich die Haare abrasiert, um sie nicht mehr waschen zu müssen. Wenn es regnete, vermied sie es rauszugehen oder bewaffnete sich, wenn es nicht anders ging, mit einem großen Regenschirm, einer Kapuze und Gummistiefeln.

Victoire war Model. Sie war überall gefragt, reiste viel herum. Die täglichen zwei Liter Milch waren ihre Ernährungsgrundlage. Dazu ein paar Nahrungsergänzungsmittel: Vitamine, Omega-3, Zink, Kurkuma, Chondron, Glucosamin ... Wenn sie etwas aß, dann Thunfisch. Sie mochte Thunfisch, weil sie gelesen hatte, dass Delphine sich oft in den Fischernetzen verfingen und zahlreich auf dem Deck der Boote verendeten. Wonach ihre Kadaver zurück ins Meer geworfen wurden. Der Gedanke an die Trauer der Delphinschule angesichts so vieler Verluste stachelte sie manchmal an, eine weitere Dose zu öffnen. Wie viele Delphine hatte sie wohl mit dem Kauf von Thunfischdosen schon getötet?

Victoire hatte schon immer davon geträumt, bei einem Grindadráp zuzuschauen. Dieses Massaker an Delphinen und Grindwalen auf den Färöer Inseln ... Mit Booten wurde eine ganze Schule, manchmal bis zu hundert Tiere, in eine Bucht und bis an den Strand getrieben. Dort warteten die Männer mit ihren Messern, und wenn die Tiere im seichten Wasser in der Falle saßen, wurden sie aufgeschlitzt. Die ausgewachsenen Tiere, die kleinen, die trächtigen Weibchen, alle. Ihre Schreie hallten in der ganzen scharlachroten Bucht wider, und am Ende wateten alle durch das schmierige Blutwasser, Männer, Frauen und Kinder. Es war ein Fest, eine archaische Tradition. Vor ein paar Jahrhunderten ernährten die Grindadráps ein ganzes Dorf. Ackerbau war im rauen Klima der Färöer Inseln schwierig, und das Fleisch der Wale stellte eine wertvolle Nahrungsquelle dar. Inzwischen wurde weniger Walfleisch gegessen, da es durch die Meeresverschmutzung zu viel Quecksilber enthielt. Also wurden die Kadaver oft zurück ins Meer geworfen.

Was blieb, war die Tradition.

Victoire fand diese Tradition faszinierend, sie wollte das Ritual mit eigenen Augen sehen, dort sein, die Füße im salzigen, rotschlierigen Wasser. Und nun war ihr Traum in greifbarer Nähe. In wenigen Tagen sollte am Strand von Sandavágur ein Grindadráp stattfinden.

Sie war am Nachmittag nach einem Shooting in Paris losgefahren. Sie hatte zu lange gezögert, und der einzige passende Flug zwischen Paris und Vágar war ausgebucht.

Auch wenn das Ereignis ihr größter Traum war, hatte sie Angst. Sie würde ihre Abneigung gegen das Meer und diese dreckigen Biester überwinden müssen, wenn sie sie sterben sehen wollte. Die Vorstellung, eines mit eigenen Händen zu zerteilen, reizte sie, aber sie war sich nicht sicher, ob sie die Berührung ertragen würde. Sie nahm sich das Versprechen ab, zumindest bis zum Strand von Sandavágur zu fahren. Einmal dort, würde sie weitersehen.

Die Gründe für ihren Hass auf Delphine blieben für

Victoire undurchsichtig. Sie wusste, dass es mit einer Erinnerung zu tun hatte, die schemenhaft immer wieder auftauchte, der sie aber auswich. Victoire stellte sich ihre Psyche manchmal als Haus vor, das die Erinnerung komplett in Beschlag genommen hatte. Schlafzimmer, Küche, Wohnzimmer, Bad, Garten. Und Victoire musste sich in einer Truhe auf dem Dachboden verstecken und konnte nur nachts hervorkommen, um Reste in der Küche zu essen und ihre Bedürfnisse auf einem Eimer zu verrichten, um auf keinen Fall ihrer Erinnerung zu begegnen.

Sie lehnte alle Shootings ab, die am Strand, an einem Pool oder an irgendeinem anderen Ort stattfanden, der mit Meer oder Wasser zu tun hatte. Ihr Agent wusste das und hatte verstanden, dass dies nicht verhandelbar war. Keine Marke, so bekannt sie auch war, kein noch so attraktiver Vertrag, keine Geldversprechen hatten ihre Meinung je ändern können. Alle sahen darin die Allüren einer Diva, und in ihrer Position hätte sie sich welche erlauben können. Sie fragte sich manchmal, inwieweit ihr Ruf als Diva nicht sogar zu ihrem Erfolg beigetragen hatte. Doch im Grunde war es ihr egal. Sie war fünfundzwanzig, ihre Karriere ging ihrem Ende entgegen und sicher auch ihr Leben. Sie glaubte nicht, dass sie älter als dreißig werden würde. Außer wenn alle Delphine bis dahin ausgerottet wären, aber da hegte sie kaum Hoffnung. Sie verfolgte ihre Populationsentwicklung, und diese Öko-Fuzzis machten ihre Arbeit gut. Die meisten Arten waren geschützt. Sie hasste sie alle, gemeine Delphine, große Delphine, blaue, weiße und sogar Tümmler, Grindwale und Belugas. Für Victoire gab es da keinen Unterschied – sie fand sie unerträglich.

Sie hatte noch nie mit jemandem darüber gesprochen. Die offizielle Version lautete, dass sie Angst vor dem Meer hatte und allergisch auf Wasser war.

Nicht einmal ihre Mutter wusste Bescheid. Mit ihr hatte sie ohnehin seit Jahren nicht gesprochen. Manchmal rief sie an, aber Victoire hob nicht ab. Sie sprach ihr lange, wehleidige Nachrichten auf die Mailbox, die Victoire nie ganz abhörte. »Ooohh, meine Kleine, ooohh, ich versteh das nicht, ooohh, ich bin so allein.«

Am Steuer ihres SUV, die Milchflasche in der Hand, wurde Victoire bewusst, dass sie allein war. Und ihr Leben sie langweilte. Die Menschen und die Sehnsüchte, die so viele umtreiben, waren ihr auf tragische Weise gleichgültig. Geselligkeit interessierte sie nicht, sie ging nie ins Restaurant oder auf Partys. Sie hatte keine Freunde. Wer wollte sich schon an eine junge Frau binden, die auf dem Dachboden ihrer Psyche hauste? Sex mochte sie auch nicht. In Wahrheit wusste sie es nicht, sie hatte es nie probiert, aber es reizte sie auch nicht. Also hielt sie sich von der Liebe fern. Einmal hatte sie sich in eine Frau verliebt, hatte sich aber nicht getraut, es ihr zu sagen. Weil sie genau wusste, dass sich bald die Frage nach Lust und Sex stellen würde und sie in der Hinsicht nichts zu bieten hatte. Manchmal träumte sie davon, einfach jemanden zu treffen, der so war wie sie, der einfach nur verliebt sein und Dinge tun wollte wie zusammen Filme schauen, im selben Bett schlafen, sich im Arm halten. Wenn diese Vorstellung in ihr auftauchte, verscheuchte sie sie rasch aus ihren Gedanken: »Wer würde ein Mädchen lieben, das so verschroben ist? Das Delphine hasst?« Dann umschlang sie ein Kissen, das ihr mitten ins Herz eine runde und scharf gezeichnete Wunde brannte, wie das Loch einer Zigarette in einem Blatt Papier. So schlief sie ein. Im Schlaf vergaß sie, sich zu verstecken, sie streifte ein wenig übermütig durch das Haus ihrer Psyche, und manchmal begegnete sie ihrer Erinnerung hinter der Windung einer Treppe, also träumte sie von Delphinen, wachte auf, übergab sich, trank Milch, und alles begann von vorne.

Sie lehnte es ab, zum Psychologen zu gehen. Bis jetzt kam sie zurecht. Und wenn ihr Agent dazu gezwungen war, ihr Kosmetiktücher, Dosenthunfisch und Rohmilch aufs Hotelzimmer zu schicken, war das nun wirklich nicht das Schlimmste. Sie nahm keine Drogen, trank nicht.

Sie stellte die leere Milchflasche in die Kühlbox zurück und schaute auf die Uhr. 23 Uhr 02. Sie war spät in Paris losgefahren. Sie musste in vierundzwanzig Stunden die Fähre in Hirtshals bekommen, am nördlichsten Punkt Dänemarks, und ihr GPS zeigte noch neunzehn Stunden Fahrt an. Sie würde kaum Zeit haben anzuhalten und ein wenig zu schlafen. Sie befand sich irgendwo im Süden von Belgien, in einer Region, die sie nicht kannte und auch nicht kennen wollte. Beim Betrachten der Tannenwälder, die sich kilometerweit ausdehnten, dachte sie, dass der Ort im Winter bestimmt einen gewissen Charme hatte, wenn Schnee lag, man am offenen Feuer saß und eine Tasse warmer Milch mit Zimt in den Händen hielt. Aber in dieser Hitze wirkten die Tannen unfreundlich, fast bedrohlich. Sie malte sich grausige Geschichten von Campern aus, die von den Jägern der Region oder irgendeiner mysteriösen blutrünstigen Kreatur abgeschlachtet wurden.

Victoire ließ ihren Gedanken freien Lauf, ließ sich wiegen von der Eintönigkeit der Straße und der Müdigkeit, und merkte dabei nicht, dass die Erinnerung kurz davor war, aufzutauchen, wie eine schwefelgesättigte Luftblase, die aus den Untiefen aufsteigt. Sie drang durch die Windungen ihrer Psyche, an Fallen und Abwehrmechanismen vorbei ans Tageslicht. Sie hatte genug gewartet. Es war an der Zeit.

Victoire war zwölf Jahre alt. Alle staunten über ihre Schönheit. Sie hatte riesige dunkle Augen, eine kleine Lücke zwischen den Vorderzähnen, »Glückszähne«, wie ihre Mutter sie nannte, die von ihrem breiten Lächeln enthüllt wurden, dem Lächeln eines Kindes, dem sich das Leben bislang freundlich gezeigt hatte. Sie lebte allein mit ihrer Mutter. Ihre finanzielle Situation hatte sich deutlich verschlechtert, als Victoires Vater sie ein paar Jahre zuvor, als sie noch ein Baby war, verlassen hatte. Aber ihre Mutter hatte immer darauf geachtet, sie vor Geldproblemen abzuschirmen. Sie arbeitete in der Stadt in einer Bar. Als Kellnerin, so hatte sie es Victoire erzählt.

An dem Tag war Victoire glücklich. Sie würde ihren ersten Werbefilm drehen, als Schauspielerin, oder als Model, sie wusste es nicht genau. Ein Mann hatte ihre Mutter und sie beim Einkaufen im Supermarkt angesprochen. Er hatte erklärt, dass er ein paar Kilometer weiter einen Aquapark besitze und für das Plakat und den Werbeclip ein hübsches Mädchen suche. »Sie muss nur lächeln und mit einem Delphin schwimmen.«

Victoire und ihre Mutter waren geschmeichelt. Und war es nicht der Traum aller kleinen Mädchen, mit einem

Delphin zu schwimmen? Und Geld gab es dafür auch noch. Eine leichte Entscheidung. In wenigen Stunden würde sie ihrer Mutter eine Monatsmiete nach Hause bringen. Victoire sah die Möglichkeit, Geld zu verdienen und ihrer Mama zu helfen.

Am vereinbarten Datum traf Victoire glücklich und ungeduldig im Park ein, den sie schon als Besucherin kannte. Sie hatte bei der Show der Delphine zugesehen, die sich über dem türkisblauen Becken in der Luft drehten, diese Welt schien ihr wie verzaubert zu sein.

Auf dem Parkplatz wurden ihre Mutter und sie von dem Mann empfangen, der sie angesprochen hatte. »Du kannst mich Marc nennen.« Er hatte blaue Augen, einen offenen Blick. Er wandte sich an Victoires Mutter: »Wir fangen mit dem Vertrag an, ich will, dass alles seine Ordnung hat.« Dann führte er sie zum Delphinbecken. Auf dem Weg begegneten sie einem Angestellten des Parks. »Miguel, vergiss nicht die Vitamine für die Seelöwen.« Und zu Victoires Mutter: »Diese Viecher werden wie Athleten ernährt. Alles wird gewogen, sie bekommen Nahrungsergänzungsmittel, Medikamente. Man muss sich wirklich fragen, wie sie allein im Ozean überleben!«

Es war früher Abend und die Besucher verließen den Park. Kinder weinten, bettelten ihre Eltern an, länger bleiben zu dürfen, noch einmal zu den Delphinen zu gehen, ein letztes Mal. Victoire fühlte sich privilegiert.

Als sie zum Becken kamen, entdeckten Victoire und ihre Mutter das Equipment für den Dreh: ein paar Scheinwerfer, ein paar Reflektoren und eine kleine Kamera in einem wasserdichten Schutzkasten. Ein junger Mann werkelte herum, schloss die Kabel an. Das Becken sah aus wie ein runder Pool aus Beton, auf dessen Grund der Schatten eines Delphins kreiste. Victoire trat näher, kniete sich hin, um ihn besser zu sehen. Marc ging neben ihr in die Hocke.

»Er ist schön, oder? Er heißt Reiko. Er ist seit zwei Jahren bei uns. Und in einem Monat wird er Papa!«

Er deutete auf ein anderes Becken.

»Wir halten ihn im Augenblick von den Weibchen getrennt. Wenn du willst, kannst du den kleinen Delphin anschauen kommen, wenn er geboren ist. Komm, ich stell dich den anderen vor!«

Der junge Mann, der die Kabel anschloss, hieß John. Er war Filmstudent. Er würde Philippe assistieren, einem Freund von Marc, der im Marketing tätig war und die Regie bei dem Spot übernehmen würde. Dann war da noch Hugo, Reikos Trainer. Und Sonia, Marcs Assistentin. Sie reichte Victoire eine Plastiktüte von H&M. »Kommst du dich umziehen?«

Victoire folgte ihr in einen kleinen Technikraum.

»Das ist nicht sehr schick, aber die Büros sind am anderen Ende des Parks.« Victoire öffnete die Tüte. Darin lagen mehrere neue Bikinis. »Mach die Preisschilder nicht ab und zeig dich, damit Marc und Philippe auswählen können, was dir am besten steht.« Sonia lächelte, war aber ein wenig kühl, angespannt. Sie schloss die Tür hinter sich und ließ Victoire sich umziehen.

Victoire zog zunächst den Bikini an, der ihr am besten gefiel, gelb mit roten Blumen, und ging dann zu den anderen. Sie kommentierten die Farbe, das Modell, sie probierte einen zweiten an, dann einen dritten. Man machte ihr Komplimente zu ihrer schlanken Figur, ihrer Zierlichkeit, ihrer Eleganz. Ihre Mama, die auf der Mauer am Beckenrand saß, wirkte stolz. Am Ende entschied man sich zur Freude Victoires für den ersten Bikini, gelb mit roten Blumen. Es war Zeit anzufangen. Philippe übernahm die Führung.

»Hugo wird dir Anweisungen geben. Was wir wollen, sind schöne Bilder, auf denen du Spaß mit dem Delphin hast.«

Victoire ging über den kleinen Betonstrand zum Wasser. Es war kälter, als sie gedacht hatte. Aber sie war fasziniert von dem Schatten, der am Grund des Beckens kreiste. Hugo, barfuß im Neoprenanzug, klatschte auf die Wasseroberfläche und der Schatten kam näher. Der Delphin hob den Kopf aus dem Wasser und Hugo warf ihm einen Fisch ins Maul.

»Komm, du kannst ihn streicheln.«

Victoire berührte die glatte, warme Haut. Eine ungeheure Kraft ging von ihm aus. Sein schwarzes Auge starrte Victoire an, und Victoire meinte, so etwas wie Feindseligkeit zu erkennen. Das war nicht die freundliche und fröhliche Kreatur, die sie sich vorgestellt hatte. Plötzlich erschreckte sie der Gedanke, mit diesem Muskelpaket im Wasser zu sein, fragil, verwundbar. Sie schaute zu ihrer Mutter, die begeistert die Szene beobachtete.

Philippe hatte mit der Kamera auf der Schulter zu filmen begonnen.

»Okay, Hugo, tritt zurück. So ist es gut, Victoire, streichle ihn weiter. Wenn du noch deine Haare auf die andere Seite legen könntest, sodass ich dein Gesicht gut sehen kann – genau so! Perfekt! Jetzt noch ein kleines Lächeln. Seeeehr gut! Geh näher ran, leg deinen Kopf an seinen und schau in die Kamera. Gut. Und lächeln.«

Der Delphin rührte sich nicht, und Victoire dachte, dass sie sich vielleicht nur etwas eingebildet hatte. Sie entspannte sich ein wenig. Ihre Mutter stand auf.

»Okay, ich muss los zur Arbeit. Kommst du zurecht, mein Schatz?«

»Ja, machen Sie sich keine Sorgen, Sonia wird sie zu Ihnen bringen, wenn wir fertig sind. Es wird höchstens zwei Stunden dauern«, antwortete Marc.

Victoire winkte ihrer Mutter kurz, und sie ging.

»Gut, jetzt geh ins Becken.«

Victoire ging ein Stück weiter ins Wasser, das eiskalt war, und tauchte dann kopfüber ein. Auch der Delphin war abgetaucht, sie konnte ihn nicht mehr sehen.

»Wenn er zwischen deinen Beinen ist, hältst du dich an seiner Flosse fest und lässt ihn machen. Stell dir einen Ausritt auf einem Pony vor, aber im Wasser.«

Philippe hatte seine Jeans an den Waden hochgekrempelt und filmte nun mit den Füßen im Nassen und der Kamera an der Wasseroberfläche.

Victoire schwamm auf der Stelle. Sie sah, wie Hugo vom kleinen Strand aus ein Zeichen gab, und plötzlich tauchte die glatte Masse des Delphins zwischen ihren Beinen auf und hob sie hoch. Sie stieß einen kurzen Schrei aus und fiel nach hinten. Ihr Kopf tauchte unter, sie drehte eine Pirouette und schwamm wieder an die Oberfläche. Als sie sie durchstieß, hörte sie das Lachen der anderen.

»Nicht schlimm, beim ersten Mal ist man immer überrascht. Noch einmal!«, rief Hugo ihr zu.

Sie machte sich bereit, sah wieder Hugos Zeichen, konzentrierte sich. Als der Delphin auftauchte, griff sie nach seiner Rückenflosse. Er zog sie durch das Becken und sie musste lachen. Sie war zugleich stolz, glücklich und verängstigt. Sie fühlte sich in der Lage, Großes zu vollbringen. Die Welt erschien ihr als bedrohlicher, gefährlicher Ort, und doch voller Freude und Möglichkeiten, die es zu ergreifen galt. Sie war von diesem Gefühl wie berauscht. Sie hörte kaum, als Philippe rief:

»Perfekt! Mach weiter so! Genau das ist es!«

Mit dem muskulösen, sich windenden Delphinkörper unter sich zog sie lachend ein paar Runden im Becken, dann tauchte das Tier ab und sie ließ los.

Sie schwamm zum Rand, wo Marc und Philippe auf sie warteten. Sie wirkten zufrieden.

»Das ist toll, Victoire! Du machst das sehr gut!«

Sie machte weiter, sooft man sie darum bat. Reiko gehorchte Hugo. Bei jeder Runde im Becken spürte sie die mit Furcht vermischte Freude und dieses Gefühl der Macht. Nach einer Stunde begann sie zu ermüden. Philippe rief sie an den Rand zurück.

»Nun probieren wir ein paar Unterwasserbilder. Du musst nur mit ihm schwimmen und Spaß haben.«

Er kam auf dem kleinen Strand näher und tauchte die Kamera ein.

»Okay, wir probieren es. Wenn es nicht klappt, ist es nicht schlimm, wir haben schon viele schöne Aufnahmen.«

Victoire schwamm zur Mitte des Beckens. Der Delphin zog Kreise um sie herum.

»Wenn du bereit bist, tauch unter. Versuch nur, die Augen offen zu halten und zu lächeln.«

Victoire tauchte. Das Wasser brannte ein wenig in den Augen. Reiko kam näher, berührte sie. Dann fuhr er mit der Nase zwischen Victoires Beine. Sie stieß ihn zurück. Er schwamm wieder um sie herum, doch er schien auf einmal von ihrem Genital besessen. Er griff wieder an, sein Körper bog sich um Victoire, seine Nase wühlte sich durch den Bikinistoff. Victoire schwamm an die Oberfläche. Philippe, Marc, Hugo und John lachten wieder. Sonia schien verschwunden. Auf jeden Fall konnte Victoire sie nirgends entdecken.

»Er ist steif wie ein Brett!«, warf Philippe über seine Kamera gebeugt ein, woraufhin die anderen noch lauter lachten.

Reiko kam an die Oberfläche, presste sich an Victoire, und sie konnte deutlich das Gemächt des Delphins an ihrem Bein spüren. Er setzte seine ganze Körpermasse ein, um sie unter Wasser zu drücken. Victoire versuchte noch, ihn wegzustoßen, aber er war sehr viel schwerer als sie. Und in seinem Element. Sie hatte keine Chance. Sie versuchte, sich ihm zu entziehen, aber er klebte an ihr, bewegte seinen Körper über ihrem. Sie spürte, wie er sich bog, seine harte und warme Haut an ihre gedrängt, und sie mit seinem Gewicht zum Grund des Beckens drückte. Von fern hörte sie immer noch das Lachen der anderen.

Victoire begriff, dass sie hier und jetzt sterben konnte.

Dass niemand stark genug war, gegen Reiko zu kämpfen. Er hatte entschieden, dass sie ihm gehörte. Ihr ganzes Leben, ihre Träume, ihre Gefühle, all das zählte nicht mehr. Sie war nur noch das Spielzeug dieses 250 Kilo schweren Tieres, das Instrument seiner Obsession. Was er wollte, war ihr Genital, und sie war nur noch das. Ein Genital. Dazu da, die Triebe eines Seemonsters zu befriedigen. Und irgendwelche Typen zu amüsieren, die an der Oberfläche weiterhin lachten. Als der Delphin unter sie tauchte und ihr mit der Nase erneut zwischen die Beine fuhr, stieß sich Victoire an seinem Kopf ab, um an die Oberfläche zu kommen.

»Hilfe! Helft mir!«

»Lass ihn machen, er wird sich von allein beruhigen!«, rief ihr Hugo zu.

Sie hatte kaum Luft geholt, da war Reiko schon wieder über ihr und drückte sie mit seiner Flanke doppelt so aggressiv nach unten. Er war nun nicht nur erregt, sondern auch wütend, das spürte sie.

Reiko biss in das Bikinihöschen und zog heftig daran, wodurch er Victoire wieder zum Grund mitnahm. Sie konnte vor Angst nichts mehr sehen. Sie fühlte, wie die Bikinihose riss, der Körper des zornigen Delphins sich an ihr abreagierte. Plötzlich sah sie die Szene von außen, wie eine Zuschauerin. Es war nicht mehr ihr Körper, nicht mehr sie, es ging sie nichts mehr an. Der Kampf war vorbei, das Tier hatte gewonnen. Sie verlor das Bewusstsein. Als sie wieder zu sich kam, lag sie auf dem kleinen Betonstrand, über sich Hugos nasses Gesicht.

»Alles okay?«

Sie antwortete nicht, richtete sich langsam auf. Am Grund des Beckens kreiste wieder der schwarze Schatten. Und an der Oberfläche schwamm etwas. Die Hose eines gelben Bikinis mit roten Blumen.

MONICA

Kaum ist der Mietlaster auf dem Tankstellenparkplatz zum Stehen gekommen, da springt Monica schon leicht und behände heraus. Sie dreht sich um und muss sich beim Anblick von Oliviers Gesicht das Lachen verkneifen. Er wird wieder rot vor Wut, als er begreift, dass sie ganz und gar in der Lage gewesen wäre, den Hang des Wäldchens auf eigenen Beinen hochzugehen.

Sie hat Lust, etwas zu trinken.

Sie geht in den Shop. Die kalte Luft aus der Klimaanlage bohrt sich in ihre Haut wie Tausende Eisspeere. Sie hört Juliette und Sébastien hinter dem Tresen lachen. Als sie sie bemerken, reißen sie sich zusammen, nehmen Haltung an, aber das Lachen bleibt im Raum, abwartend wie ein Welpe, der nur auf das Zeichen wartet, um wieder zu spielen. Monica möchte gern sagen: »Tut so, als wäre ich nicht da«, aber sie überlegt es sich anders. Das ist ein blödsinniger Satz. Man kann nicht so tun, als wäre jemand nicht da.

Monica geht zum Kühlschrank, nimmt eine 0,33-Liter-Dose heraus und kehrt zum Tresen zurück. Sie holt ein paar Münzen aus ihrer Rocktasche: 5 Euro und 30 Cent. Da ist noch der 50-Euro-Schein, von dem sie weiß, dass sie ihn nie verwenden wird. Mit der Dose in der Hand geht sie wieder ins Freie.

Von Hitze heißt es oft, sie sei drückend. Monica würde dieses Adjektiv nicht verwenden. Weil sie von feststehenden Ausdrücken genug hat. Und weil sie »drückend« so abwertend findet. Sie mag diese Hitze. Also würde sie sie eher als angenehm, behaglich bezeichnen. Und sogar befreiend. Man muss sich nicht mehr viel anziehen. Sie hat leichte Kleider schon immer gemocht, als Kind kurze, als Jugendliche ein wenig längere.

Monica lässt die gekühlte Ladenluft also hinter sich und taucht in die weiche Hitze der Nacht ein. Sie geht an dem geschlossenen Restaurant vorbei bis zu den Plastiktischen. Sie nickt Alika und Julianne zu. Monica wählt den am wenigsten schmutzigen Tisch aus, öffnet ihre Bierdose.

Sie denkt über ihr Leben nach, an das, was sie geprägt hat. Zweifellos ihre Schwangerschaft vor 80 Jahren … Sie versucht, sich zu erinnern. Können Erinnerungen so viele Jahre überstehen? Oder werden sie auf die Erzählung, die man aus ihnen macht, reduziert? Monica ist sich nicht mehr sicher. Sie erinnert sich, dass ein Kerl aus ihrem Dorf sie vergewaltigt hat, das ja. Damals nannte man das nicht so, es wurde überhaupt nicht darüber gesprochen. Sie war auf dem Rückweg von der Kirmes, als ein Junge, den sie aus der Schule kannte, sie hinter der Friedhofsmauer »schnappte«. Sie hat nie darüber gesprochen, weil sie wusste, was die Leute gesagt hätten. Dass Jungen eben so seien, dass es nicht böse gemeint sei und sie so spät eben nicht hätte draußen rumstreunen sollen.

Doch sie war deshalb so spät noch draußen gewesen, weil sie gehofft hatte, Paul zu sehen, den Jungen, der ihr gefiel. Aber er war weder zur Parade des Musikvereins noch zum Tanz gekommen. Sie war lange geblieben und hatte darauf gewartet, dass er kam, doch gegen Mitternacht hatte sie aufgegeben und sich auf den Heimweg gemacht. Da begegnete sie dem anderen, André. Sie wehrte sich, er schlug sie, und sie verstand, dass sie ihn besser machen lassen sollte. Es tat ihr schrecklich weg, sie blutete, da waren diese neuartigen Gerüche, der aus Andrés Mund, der Alkohol, und dann der seines Geschlechts und der Flüssigkeit, die herauskam.

Danach ging sie nach Hause, wusch sich und weinte sich in den Schlaf. Dann kam der nächste Morgen, und dann der übernächste. Sie schwieg und dachte, es sei vorbei.

Erst zwei Monate später bemerkte sie, dass sie schwanger war. Sie war gezwungen, es ihrer Mutter zu sagen, die sie zu ihrem Vater schleppte. Keiner war wütend, keiner machte ihr Vorwürfe. Es musste nur eine Lösung gefunden werden.

Ihre Mutter brachte sie zu einem Arzt in der Stadt, der, wie es hieß, »nachsichtig« sei und sich um »gewisse Probleme« kümmern könne.

Der Mann, ein ehemaliger Soldat mit imposanter Statur, empfing sie freundlich. Er untersuchte sie und murmelte: »Sehr schön, sehr schön, wir werden dir helfen, Kind.«

Er schien tief in Gedanken versunken. Nachdem er ein paar Notizen in sein Heft gemacht hatte, schaute er Monica und ihre Mutter an und wiederholte: »Sehr schön, wir werden dir helfen.« Dann begleitete er sie hinaus. Erst auf der Schwelle sagte er zu ihr: »Die Dinge müssen zum richtigen Zeitpunkt gemacht werden, ich melde mich bei Ihnen.«

Monica und ihre Mutter gingen erleichtert nach Hause. Beim Abendessen herrschte ausgelassene Stimmung. Monica und ihre kleine Schwester Camille machten Quatsch, wie jedes Mal, wenn sie die Sorgenfalte auf der väterlichen Stirn zum Verschwinden bringen wollten. Er lachte traurig und resigniert. Mehr konnte er nicht für seine Tochter tun. André war der Sohn des Direktors der Fabrik, in der er arbeitete. Er hatte keine andere Wahl, als zu schweigen und die Zähne zusammenzubeißen. Dieses Baby »wegmachen« zu lassen und das alles zu vergessen.

Eine Woche verging. Dann zwei. Der Arzt meldete sich nicht. Monicas Mutter versuchte, sie zu beruhigen: »Er ist Arzt, er weiß, was er tut, warten wir noch eine Weile.«

Aber sie wussten beide, dass die Operation immer gefährlicher wurde, je mehr Zeit verging. Sie warteten noch eine Woche und gingen dann erneut in die Stadt, in die Praxis des Arztes.

Er empfing sie kurz. Mit einem beruhigenden Lächeln sagte er: »Machen Sie sich keine Sorgen, noch ein bisschen Geduld, ich habe die Situation unter Kontrolle, warten Sie auf meinen Anruf.«

Sie gingen wieder, mehr oder weniger beruhigt.

Eine weitere Woche verging. Und noch eine.

Sie beschlossen, noch einmal den Arzt aufzusuchen, dieser untersuchte Monica und verkündete dann: »Die Schwangerschaft ist zu weit fortgeschritten, ich kann nicht mehr eingreifen. Das wäre zu gefährlich, das Kind ist zu groß.«

Monica brach in Tränen aus, ihre Mutter antwortete:

»Aber Sie haben uns doch aufgefordert zu warten, Sie haben behauptet, die Situation unter Kontrolle zu haben!«

Der Arzt nahm sein Heft, kritzelte etwas mit seinem Bleistift hinein, runzelte die Stirn und murmelte etwas Unverständliches, aus dem Monica nur die Worte »Wissenschaft«, »Natur«, »Demut« entnahm.

Monicas Mutter wurde lauter: »Sie haben mich angewiesen zu warten! Warum haben Sie uns gesagt, wir sollen warten, nur um uns dann zu sagen, dass es zu spät ist?«

Da schaute der Arzt sie mit strengem Blick an und sagte: »Madame, achten Sie auf Ihren Ton, ich habe lange studiert, ich bin Arzt, ich weiß, was ich tue. Worum Sie mich gebeten haben, ist illegal, ich könnte Sie deswegen anzeigen. Allein die Bitte könnte Sie ins Gefängnis bringen. Und auch Ihre Tochter. Dieses Kind wird auf die Welt kommen und ich werde eine Lösung finden, Sie haben nichts zu befürchten.«

Monica saß auf der Untersuchungsliege und weinte immer noch. Sie hatte zum Anziehen keine Kraft. Der Arzt beugte sich zu ihr und sagte sanft: »Nun, mein Kind, so schrecklich ist das nicht, du wirst sehen. Das haben schon andere geschafft. Deine Mutter zum Beispiel. Wir werden alles Nötige tun, damit es so wenig unangenehm wie möglich für dich wird. Es bleiben weniger als sechs Monate. Was sind schon sechs Monate? Nicht der Rede wert. Es wird Frühling und dein Leben wird weitergehen. Für das Kind werden wir eine Familie finden.«

Er schaute Monicas Mutter an: »Wenn es ein Junge ist,

verspreche ich ihnen sogar, dass meine Frau und ich ihn adoptieren. Ihre Tochter scheint gesund zu sein, das wird ein Prachtkerl.«

Monica war also immer noch schwanger.

Zu Beginn lebte sie weiter wie zuvor. Am Markttag sah sie sogar Paul wieder. Er holte Milch, Butter und Eier für seinen Vater, der Eismann war. Er begleitete sie bis nach Hause, und von da an sahen sie sich immer öfter. Schließlich erzählte sie ihm von dem Baby, und er nahm ihre Hand und sagte, dass er sich, sooft sie es wolle, mit ihr treffen und ihr Eis mitbringen würde. Was er dann auch tat.

Als Monicas Bauch nicht mehr zu verstecken war und sie im Haus ihrer Eltern eingesperrt blieb, damit es kein Gerede gab, besuchte Paul sie weiterhin und brachte ihr jeden Tag ein Eis.

Auch der Arzt kam mehrmals aus der Stadt, vor allem am Ende, um den Fortschritt der Schwangerschaft zu überwachen.

Monica spürte, wie sich das Baby bewegte, und dieses sonderbare Gefühl in ihrem Innern brachte sie zum Lachen, als würde jemand sie von innen kitzeln. Wenn sie abends allein in ihrem Zimmer war, sprach sie oft mit dem Kind. Sie sagte zu ihm, dass alles gutgehen würde, dass es, wenn es ein Junge wäre, bei dem Arzt leben würde, den sie zwar nicht mochte, der aber sicher ein guter Vater wäre, der ihm alles geben würde, was er brauchte.

Bei einem seiner Besuche erklärte der Arzt, dass er bereits vier Töchter habe und er und seine Frau glücklich wären, einen Sohn zu bekommen. Also stellte sich Monica ihr Baby umgeben von vier Schwestern vor und redete sich ein, dass es das Beste für ihn wäre. Sie war sich sicher, dass es ein Junge war.

Die Wehen setzten einige Tage nach dem Karneval ein. Monica hat nur noch eine verschwommene Erinnerung daran. Es war lang, das weiß sie noch. »Fast zwei Tage« hat ihre Mutter oft erzählt. Der Arzt kam mehrere Male.

Am Ende blieb er fünf ganze Stunden, die Stirn über den dicken Augenbrauen in tiefe Falten gelegt. Er schien abzuwägen, zu zögern. Aber er sagte: »Alles verläuft gut, es gibt keinen Grund zur Sorge.«

Schließlich kam das Baby. Monica fühlte es aus sich herausgleiten, diese Masse, die ihr so vertraut geworden war. Das Gesicht des Arztes erhellte sich. »Es ist ein Junge!« Sie sah ihn zum ersten Mal lächeln.

Er tastete, wog das kleine brüllende und bläuliche Etwas und sagte dabei mehrmals: »Ein richtiger Prachtkerl.« Er legte sein Stethoskop an die noch mageren Rippen, schaute zu Monica: »Du scheinst deine Freiheit wiederzubekommen, Mädchen.«

Er wickelte das Baby ein und verließ den Raum.

Monica erfuhr erst später, dass er ihrer Mutter einen Umschlag mit etwas Geld dagelassen hatte. »Für die Umstände«, hatte er gesagt. Dann war er mit dem Kleinen gegangen.

Monicas Mutter gab ihr den Umschlag erst Monate später, als sie in die Stadt zog, um ihre Ausbildung zur Krankenschwester anzufangen, nachdem sie Pauls Heiratsantrag abgelehnt hatte. Sie hatte entschieden, Engelmacherin zu werden.

Monica sitzt an dem Plastiktisch und trinkt die letzten Schlucke Bier. Sie hofft, in Luxemburg Gin zu finden. Warum hat sie eigentlich nach Luxemburg gefragt? Das war ihr einfach so rausgerutscht. Vielleicht wegen Müllerthal, der Region der Wälder, Felsen und Flüsse, die anscheinend an die Schweizer Alpen erinnert. Ein Felsen könnte aus ihrem Vorhaben eine schnelle Sache machen, da gibt es kein Federlesen. Sie würde den Wald auf der Suche nach einem stillen Ort durchqueren, weitab der Wanderwege. Damit man sie nicht zu schnell findet. Oder sogar überhaupt nicht. Das ist besser als Oliviers Plan. Alles ist besser als Oliviers Plan.

Apropos, sie muss zu ihm zurückgehen.

Monica wirft ihre leere Dose in einen Mülleimer.

Ihr fallen Romain Garys letzte Worte ein, aus dem Brief, den er 1980 vor seinem Freitod geschrieben hat: »Ich habe endlich alles gesagt.«

Sie hat schon seit Langem alles gesagt. Vielleicht hätte sie in seinem Alter sterben sollen, mit 66 Jahren.

Es gibt keinen größeren Luxus als den, den Zeitpunkt des eigenen Todes zu bestimmen. Den letzten Mund, den man küsst, den letzten Blick, den man wechselt. Die Arme, die uns zum Abschied umschlingen.

Die Wälder von Müllerthal. Das wäre ihre letzte Wahl.

Sie geht zum Parkplatz. Olivier ist schon wieder pinkeln, nimmt sie an. Mit seinem entzündeten Harnleiter scheint er eine echte Tortur zu durchleben. Sie geht an dem Anhänger vorbei, in dem das Pferd unruhig stampft. Es braucht bestimmt Auslauf. Oder will sich die Beine unter den Bäumen vertreten, die es mit Sicherheit wittert. Der Kerl mit seinem baumelnden Arm hat seine Reifen fast aufgepumpt.

In dem Augenblick sieht Monica den kleinen blauen Laster auf dem Beschleunigungsstreifen der Autobahn vorbeifahren. Sie kann gerade noch Olivier erkennen, der starr geradeaus blickt. Und Julie, die auf dem Beifahrersitz Platz genommen hat. Ihre Blicke treffen sich. Monica kann Julies Ausdruck, der irgendwo zwischen Bedauern und Gleichgültigkeit liegt, nicht lesen.

Sie seufzt erschöpft. Auf dem Parkplatz wird ein lauter Dieselmotor angelassen. Monica wendet den Kopf.

JOSEPH

Bevor ich euch die Geschichte erzähle, möchte ich klarstellen, dass ich nie Erektionsprobleme hatte. Nicht dass ich mich dafür geschämt hätte, für Erektionsprobleme muss man sich nicht schämen, aber ich hatte nie welche. Niemals.

Ich heiße Joseph und ich bin Vertreter für Milben. Als ich klein war, wollte ich Astronaut werden und dann, tja ... das Leben ...

Milben sind ziemlich wichtig. Vor allem für Geflügelzüchter. Sie sind ein natürlicher Feind roter Flöhe. Rote Flöhe befallen Hühner, die dann nicht mehr legen, der Züchter ist verzweifelt, ruft mich an, ich komme mit meinen Milben, das ist der Kreislauf des Lebens.

Eines Abends hielt ich auf dem Rückweg von meiner Vertreterreise an einer Tankstelle. Auf dem Parkplatz ein Warnschild, das einen lächelnden Mann mit einem Mädchen auf dem Arm zeigte:

»Alle zwei Stunden mal einen Gang runterschalten.«

Ich wäre gern dieser Mann gewesen. Ein verantwortungsvoller, verlässlicher Familienvater, mit Kindern, die am Sonntagmorgen auf meinem Bett rumspringen. Und einer Frau. Nicht zwingend spektakulär, weder brillant noch schön, eine Frau, die mich einfach liebt und die ich auch liebe.

An all das musste ich denken, während ich im orangefarbenen Neonlicht auf den Shop zuging. Ich brauchte einen Kaffee. Vielleicht eine Packung Chips.

Ich sah sie gleich beim Reinkommen. Brünett, schlank, mittelgroß, ein graues Oberteil über einer blassrosa Jogginghose. So eine, die man in amerikanischen Serien sieht. Eng anliegend, kleidsam, gut geschnitten. Weder ausgeleiert noch sackartig, was man im echten Leben nie sieht. Ich denke bei ihrem Anblick immer: »Die ist ganz neu, sie haben das Etikett bestimmt erst kurz vor der Szene abgerissen.«

Aber da stand eine echte Frau, die sie im echten Leben trug.

Sie stand an einem Stehtisch und fotografierte ihren Kaffeebecher, tippte dann etwas in ihr Smartphone, mit leichten, schnellen Fingern, die zwanzig Fotos täglich ins Netz stellen.

Da sie direkt neben dem Kaffeeautomaten stand, versuchte ich mein Glück. Nach einem Blick auf den gräulichen, mit Kakaopulver überzogenen Schaum, der bereits in den Plastikbecher sank, fragte ich: »Double-Milk-Cappuccino?«

Sie schaute hoch. Erst auf mein Gesicht, dann auf meinen Bauch, der ihr besser als ich von den Stunden hinter dem Lenkrad und der Ernährung eines Sesselpupsers erzählen konnte. Als ihre Augen wieder zu meinem Gesicht wanderten, drückten sie eine Mischung aus Verachtung und verhaltener Verzweiflung aus.

»Genau.«

Ich stotterte: »Ah okay, ich werde also das Gleiche nehmen.«

Während der Automat mich bediente, empfand ich zum ersten Mal Scham, weil ich existierte. Die Scham, eines Tages auf die Welt gekommen zu sein. Die Verachtung dieser Frau und das Geräusch des Kaffees, der in dem sonst stillen Shop in den Plastikbecher rann, weckten in mir das Bedürfnis, mich in Luft aufzulösen.

Ich schnappte meinen Double-Milk-Cappuccino und stellte mich an einen anderen Tisch in der Nähe der Tür, so weit weg von ihr wie möglich. Eine Packung Chips in einem der Automaten lachte mich an, aber ich wagte nicht mehr, mich zu rühren. Und erst recht nicht, auch nur das kleinste Geräusch zu machen.

Hinter dem Tresen unterhielten sich lachend ein Mann und eine Frau. Vielleicht lachten sie über mich.

Die Frau in der Jogginghose jagte mir Angst ein. Mir fiel meine Lehrerin ein. Sie hatte bei meinem Anblick genauso verzweifelt gewirkt. Bei jedem Gespräch mit meinen Eltern sagte sie zu ihnen: »Er ist so empfindlich, man kann nichts zu ihm sagen.« Es stimmt, dass ich empfindlich war. Ich weinte bei jeder Gelegenheit.

Mein Vater war Fotograf, er hatte in unserem Dorf einen Laden. Er entwickelte Filme, er verkaufte Rahmen, machte Porträtaufnahmen. Und am Wochenende klapperte er Hochzeiten, Kommunionsfeste und all die Veranstaltungen ab, die die Leute nicht vergessen wollen. Und manchmal machte er auch nur für sich ein paar Bilder. Er war fasziniert von Butter. Er hatte sogar eine Ausstellung und ein Buch dazu gemacht. Frische Butter, Knoblauchbutter, Gewürzbutter, Sommerbutter, Winterbutter. Er erklärte mir, dass es viele verschiedene Farben und Texturen gebe, dass es nichts Schöneres oder Fotogeneres gebe als die Tröpfchen, die sich auf gesalzener Butter bildeten. Eines Tages, nach einem Gespräch, in dem die Lehrerin mich wieder »empfindlich« genannt hatte, nahm er mich in sein Labor mit und zeigte es mir.

»Siehst du, Joseph, für ein Foto brauchen wir einen Film.« Er schaltete das Licht aus, knipste das Rotlicht an, nahm einen Ilford-Film aus der Dose und rollte ein paar Zentimeter bräunliches Band auf dem Tisch aus.

»Auf dem Film ist eine Schicht, die ihn lichtempfindlich macht. Wenn man ein Foto macht, lässt man für einen ganz kurzen Augenblick das Licht rein und zack! Der Film fängt das Bild ein. Ohne Empfindlichkeit kann man keine Erinnerungen festhalten. Und es gibt Filme, die sind empfindlicher als andere. Je empfindlicher, desto weniger Licht ist nötig, und desto überraschender und seltener sind die Bilder. Das ist magisch.«

Er starb wenige Monate später an einem blöden Herzinfarkt, mit vierundvierzig Jahren, wie Michel Berger.

Meine einzigen Erinnerungsstücke sind eine Filmdose, ein Ilford Delta 400 ISO, den ich im Handschuhfach meines Wagens aufbewahre wie einen Glücksbringer, und ein Schwarz-Weiß-Abzug, der ein Stück gesalzener Butter auf einem schwarzen Teller zeigt, auf den durch ein rustikales Fenster im Hintergrund das erste Licht der Morgendämmerung fällt.

Die junge Frau im Tankstellenshop hatte ihren Cappuccino ausgetrunken. Sie warf den Becher weg und ging Richtung Ausgang. An meinem Tisch blieb sie stehen. Ich steckte die Nase in meinen Kaffee, als hätte ich etwas sehr Faszinierendes darin entdeckt.

»Wie heißt du?«

»Joseph.«

»Was machst du so, Joseph?«

»Ich bin Handelsvertreter. Nahrungsmittelzusätze für Massentierhaltung.«

Ich traute mich nicht, die Milben zu erwähnen.

»Ich bin Chelly. Ich bin Pole-Dance-Trainerin.«

»Oh, wow, das ist, ähm …. Ich würde Sie gern mal sehen, wenn …«

Ich bekam keinen intelligenten Satz heraus, also ließ ich ihn unbeendet.

Sie gähnte, ohne die Hand vor den Mund zu halten.

»Nun, Joseph, hast du Lust zu ficken?«

»Zu … Was?«

»Ich habe Lust zu ficken, und du bist eben da. Und ein wenig Training kann mir nicht schaden. Dir auch nicht, übrigens. Also, willst du?«

»Aber … Hier?«

Sie rollte die Augen.

»Aber nein, nicht hier!«

»Aha.«

»Auf dem Parkplatz. Ich habe ein großes Auto.«

Hier muss ich ein paar Dinge erklären. Zunächst mag ich das Wort »ficken« nicht, ich bevorzuge den Ausdruck »Liebe machen«. Dann mag ich alles, was vor dem Liebesakt kommt: etwas trinken gehen, Abendessen, die Spannung, all die kleinen Zeichen, die man sich sendet, um mitzuteilen, dass man Lust hat, die Angst vor einem Korb, die Erleichterung beim ersten Kuss, all das finde ich toll.

Und ich lasse mir gern Zeit.

Und ich mag es nicht besonders, wenn man mich als Trainingsgerät betrachtet.

Aber. Ich hatte seit über einem Jahr keine sexuelle Beziehung mit einem anderen Menschen mehr gehabt, außer mit mir selbst. Es war so weit, dass ich mich fragte, ob ich dazu überhaupt noch fähig war. Und irgendwie beneidete ich ein wenig die Leute, die ein Tinder-Date nach dem anderen hatten. Ich fragte mich manchmal, ob mir nicht etwas entging. Was erklärt, warum ich mich in diesem Augenblick als Sexabenteurer versuchte.

Wie ein unerschrockener Draufgänger sagte ich also: »Ähm, ja, okay, warum nicht …«

Ich folgte ihr zum Parkplatz und betrachtete dabei ihre Schulterwölbung. Die seidige Haut über den durchtrainierten Muskeln. Plötzlich tauchte eine Frage in meinem Kopf auf: »Sagen Sie, Chelly, Sie werden mich nicht bitten, nun, wir sind uns einig, dass Sie keine …«

Eine unangenehme Frage.

»Ich meine, und das ist keine Wertung, überhaupt nicht, aber wenn …«

»Nein, ich bin keine Nutte.«

Sie betätigte den Knopf an ihrem Autoschlüssel. Ein breiter Hummer blinkte auf. Sie kroch auf die Rückbank. Ich hinterher. Er roch komisch, nach Wunderbäumchen, Frauenparfum und etwas anderem. Etwas, das ich kannte, aber erst nach einem kurzen Moment identifizieren konnte. Blut. Das Auto roch nach Blut. Ein starker und abstoßender Geruch. Chelly hatte bereits ihr Oberteil ausgezogen und war damit beschäftigt, ihre Turnschuhe auszuziehen.

Ich versuchte, rasch nachzudenken. Und wenn ich es mit einer Verrückten zu tun hatte? Einer Gottesanbeterin, die Typen auf Parkplätzen fickt und sie dann umbringt?

Dann gewann die Vernunft. Die Frau wog vielleicht 55 Kilo mit ihren Kleidern, und die hatte sie ausgezogen. 30 Kilo weniger als ich, da bestand keine Gefahr.

Sie wirkte ein wenig verärgert darüber, dass ich noch nicht ausgezogen war, also zog sie meine Hose runter und setzte sich rittlings auf mich. Meine Erektion war ein wenig schlaff, da ich zugleich erregt und von der Situation verunsichert war.

Ich legte den Kopf zurück und schloss die Augen, entschlossen, den Moment zu genießen. Sie bewegte sich gut, ich fand es immer besser. Ich musste nur das Bild des Trainingsgeräts ausblenden. Gern hätte ich sie umarmt, meine Brust gegen ihre gepresst, aber sie blieb aufgerichtet, weit weg von mir. Also öffnete ich die Augen und sah im Rückspiegel den Inhalt ihres Kofferraums. Einen Spaten und eine unförmige Masse unter einer Decke.

»Was transportierst du da?«

Sie hielt für einen Sekundenbruchteil inne, dann machte sie weiter.

»Meinen Hund. Ich will ihn in den Ardennen begraben.«

»Ach, ist er gestorben?«

»Nein, er ist in Höchstform, deshalb will ich ihn begraben.«

»Und was ist mit ihm passiert?«

»Hey, reden wir über meinen Hund oder ficken wir?«

»Naja, ich kann mich so nicht richtig konzentrieren.«

Die Nähe des Hundekadavers hatte meiner Erektion den Garaus gemacht.

Mit einem wütenden Seufzer stieg sie ab.

»Es tut mir leid.«

Sie zog sich bereits wieder an.

»Das passiert mir zum ersten Mal, wir müssen uns vielleicht nur ein bisschen Zeit lassen, sollen wir nicht noch einen Kaffee zusammen trinken? Wie hieß denn dein Hund?«

Sie stieg aus dem Hummer. Ich folgte ihr.

»Vielleicht können wir uns bald wiedersehen ...«

Wortlos öffnete sie die Fahrertür und setzte sich ans Steuer.

Ich versuchte es noch mit »Hey, wenn du willst, meine Nummer ist ...«

Aber mitten im Satz schlug sie die Tür zu und fuhr mit einem Dieselröhren davon.

Ich stand da wie ein Idiot und schaute auf das Schild mit dem Mann und dem Mädchen, und mir war nach Weinen zumute. Das war mir schon lange nicht mehr passiert. Ein dicker Kloß im Hals, die zitternde Unterlippe. Ich fühlte mich wirklich wie ein Idiot, wie ich da auf dem Parkplatz stand und die Tränen zurückhielt, aber es war stärker als ich. Ich blickte auf das Mädchen auf dem Schild, und es war, als wäre sie meine verstorbene Tochter. Ich begann zu schluchzen wie damals, wenn die Lehrerin mich tadelte.

Ich fragte mich, was mein Vater gedacht hätte, wenn er gewusst hätte, dass ich Milbenvertreter geworden bin. Sicher hätte er sich gefreut, dass ich so viel Zeit an der frischen Luft verbringe, auf dem Land. Und dass ich etwas Nützliches tue.

Da hörte ich die Frau rufen.

23 UHR 13. Monica schaut zu, wie Chellys schwarzer Hummer röhrend zur Auffahrt fährt. Der Abstand ist perfekt. Der Hummer ist perfekt. Die Haube auf Gesichtshöhe, die Stoßdämpfer, die einem Stierangriff standhalten würden, die Reifen so hoch wie ein sechsjähriges Kind.

Sie dreht sich um und wirft einen Blick auf ihre letzte Gesellschaft. Julianne und Alika sind aufgestanden und starren sie an. Antoine geht um den Anhänger herum und steigt in sein Auto. Juliette lässt unter dem Warnschild ihre Kippe fallen. Loïc geht auf den Shop zu und schaut dem Hummer nach. Victoire richtet sich auf und dreht sich zu Julianne.

Unbeirrt läuft Monica über den Asphalt.

Eine Tankstelle an der Autobahn. Eine Sommernacht. Wenn man die Leichen immer noch ausnimmt, das Pferd aber mitzählt, sind zu genau diesem Zeitpunkt nur noch zehn Personen vor Ort. Es ist 23 Uhr 14.

Andere werden eintreffen. Alle werden wieder fortgehen. Hier ist man nur auf der Durchreise.

Ich danke meinen beiden Hebammen,
Stéphane Levens und Thomas Gunzig,
für ihr offenes Ohr, ihre Geduld
und ihre Ermutigungen.

Adeline Dieudonné

ADELINE DIEUDONNÉ

wurde 1982 in Brüssel geboren, wo sie mit ihren beiden Töchtern auch heute lebt, und ist von Beruf Schauspielerin. Nach ihrem mit vielen Preisen überhäuften und in 21 Sprachen übersetzten Romandebüt ›Das wirkliche Leben‹ ist dies das lang ersehnte neue Buch der internationalen Bestsellerautorin.

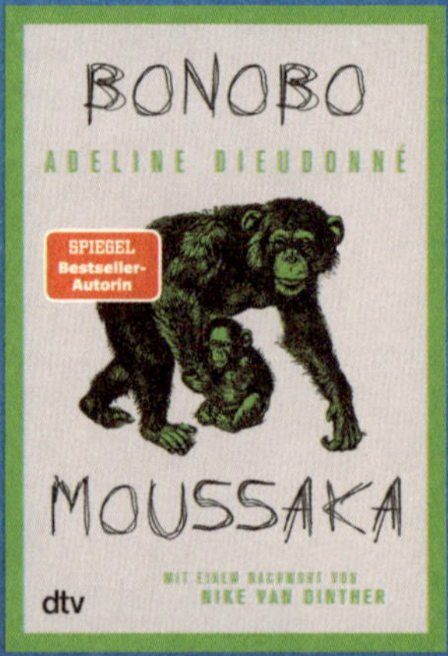